とっておき名短篇

北村　薫
宮部みゆき　編

筑摩書房

目次

とっておき名短篇

第一部

愛の暴走族

穂村弘

穂村弘《ほむらひろし》

一九六二—

北海道生まれ。上智大学文学部英文学科卒業。一九九〇年、歌集『シンジケート』でデビュー。短歌にとどまることなく、エッセイや評論まで広く活躍中。歌集に『手紙魔まみ、夏の引越し（ウサギ連れ）』『ラインマーカーズ』、エッセイ集に『世界音痴』『もうおうちへかえりましょう』『にょっ記』『にょにょっ記』『整形前夜』など。その他、『どうして書くの？　穂村弘対談集』等がある。二〇〇八年『短歌の友人』で伊藤整文学賞受賞。

何人かで夜ごはんを食べているときに、今までいちばんこわかったことは何か、という話になった。地震、泥棒、金縛り、海外での盲腸の手術、恋人とベッドにいるときにお父さんが入ってきたことなど、さまざまな体験が語られた。

ひとりの女の子が、金魚のエサが増えてたことかなあ、と云った。キンギョノエサガフエテタ……、意味がわからなくて訊き返す。なんでもある晩、彼女が会社から帰ってみると、缶のなかのエサが増えていたのだという。

「気のせいじゃないの？」

「ううん。その日の朝、残り少なくなったのを、缶をかんかん叩いて使い切ったから間違いないの」

「でも、それは、つまり、どういうことなの？　超自然現象？」

「たぶん……、合鍵」

「は?」

どうやら、別れた元恋人が、彼女の留守中に合鍵で侵入して、こっそり金魚のエサを補充していた、ということらしい。

「ほかには何にも異常はなかったの?」

「うん。ただ金魚のエサだけが缶の八分目くらいまで増えてたの」

そ、それは、とみんなが息を呑む。こわいね。缶の蓋をあけて、あれ? 気のせいかな、と思ってしまいそうなところが一層こわいのである。彼は補充用のエサをわざわざ持ってきたのだろうか。

同じように部屋に入られるにしても、誕生日に貰ったアクセサリを持っていかれるとか、ふたりで写っている写真を破かれるとか、その方がまだこわくないと思う。行為としては派手でも、アクセサリや写真の場合はその背後に人間的な感情がみえるからだ。

だが、金魚のエサはそういう次元を超えて、なんだかわけがわからないレベルに達している。もしかするとそれはふたりで掬《すく》った思い出の金魚なのかもしれない。だが、その場合も、金魚鉢ごと持ってゆくとか、逆に、金魚を殺してしまうとかいう方が、まだしも自然な気がする。静かに金魚のエサを補充するというのは、なんともハイレベルな暴走だ。元恋人の部屋のなかで、さらさらと缶のなかにエサを注いでいる男のことを想像してみる。口元に微笑みを浮かべた彼は既に人間を超えたベツモノになっているようだ。

そういえば、と別の女性が云った。私もいつだったたか、部屋のなかにシャボン玉が浮いてたことがある。読んでた本から目を上げたら、いくつもふわふわ浮いてたの。あとから考えると、たぶんドアの郵便受けから吹き込んだんじゃないか、と思うんだけど。最初は子供の悪戯かなと思って。でも、どうも別れた恋人だったみたい。仲良かった頃、一度だけいっしょにシャボン玉したんだよね。ラフォーレんとこの歩道橋の上で。

私は彼女たちの話を聞きながら、元恋人たちは成仏できない幽霊のようだと思う。夜店で掬った金魚やいっしょに吹いたシャボン玉のことが、そんなにも忘れられなかったのだろうか。その想いがつのって彼らはベツモノになってしまった。

だが、彼らだけが特別なわけではない。恋愛の極限状態になると、追いつめられた人間は実に不思議な行動に出るものらしい。別れた恋人の家に、彼女から貰ったラブレターをそれらが入った引き出しごと返しにきた男の話を聞いたことがある。さぞ重かっただろう。それに引き出しごと返してしまったら、そのあと困るんじゃないか。だが、男の頭のなかは悲しみでいっぱいで、「そのあと」の世界など存在しないのである。

私自身も暴走したことがある。学生の頃、一緒に住んでいた恋人が深夜を過ぎても帰ってこなかった。そのとき、嫉妬の妄想に狂った私は、家中の箸をずぶずぶとぜんぶ畳に刺してしまったのだ。そして悶々と怒りながら眠りに墜ちた。明け方帰ってきた恋人は、突き立った箸たちに囲まれて眠っている私の姿をみて「ひ」と云った。

最近いちばんこわかったのは、携帯電話の留守録音に入っていたメッセージである。

ああとそのひとは云っていた。

ほたるいかに触る

蜂飼耳

蜂飼耳《はちかいみみ》
一九七四—

神奈川県生まれ。詩人。二〇〇〇年『いまにもうるおっていく陣地』で中原中也賞、〇六年『食うものは食われる夜』で芸術選奨文部科学大臣新人賞を受賞。他に詩集『隠す葉』、小説に『紅水晶』『転身』、エッセイ集に『孔雀の羽の目がみてる』『空を引き寄せる石』『秘密のおこない』、詩画集に『夜の絵本』、童話集に『のろのろひつじとせかせかひつじ』などがある。

叔父が死んだ。

ほたるいかに触った。

その二つは、同時に起きたことではないが、近い時期の出来事だった。なぜなら、叔父はほたるいかの町のそばに、住んでいたからだ。ほたるいかがその町の沖へ現われるのは、毎年、三月から五月あたりに限られている。浜へ打ち上げられることもあって、地元ではその現象を「ほたるいかの身投げ」と呼ぶ。

ほたるいかに触ったのは、浜辺ではなく、海の上でもなくて、展示場のなかでだった。無断でふれたのではない。ふれても構わないコーナーが設けられていて、それならば、と水に手を入れた。

金魚をゆるく握る感触に似ている。ほたるいかは、五センチから七センチくらいの大きさ。手のなかで、どく、どく、どく。脈打つ。どきりとして、緩める。墨を吐く。

ひゅるりと逃げる。別の個体を、手のなかに閉じこめる。走った後の鼓動のような、速い脈が伝わる。ほたるいかが、とてつもない危機を感じていることがわかる。ひどいことをしていると、わかる。ふれて構わないコーナーに囚われた個体はみんな、こんなふうに繰り返し触られて、触られて、やがて疲れて、死んでしまうのだろう。

顔を上げ、注意書きに気づいて、はっとする。「食べないでください」。そう書いてあった。すると、食べた人が過去にいたということだろうか。いたのかもしれない。いきのいいほたるいか。身投げのものを、浜で拾って持ち帰り、刺身として食すことも可能なのだから。ここで、食べてみようと思い立つ人がいるとしても、おかしくはない。とはいえ、醤油もなにもつけずに、食べる気になるだろうか。いかたちは、透き通る水のなかで、からだを横にして泳ぐ。

あまり動かない個体もいて、指先で波を起こしてみると、すでに死んでいる。もしかすると、動かないものを見て、食べてみようと思う人もいるかもしれない。動くのを捕まえて食べるのは気が引けても、動かなくなっているのなら、浜の身投げと変わりはしない。そんなふうに考える人が、いないとはいえない。

いかの仲間は、眼がいいという。レンズなどが精巧に出来ていて、よく見えるらしい。十センチに満たないほたるいかたちの眼は、いきいきと黒い。見られているな、と確信させる眼だ。まばたきはしない。こんなものを、捕まえて食べるのだ。闇のなかで脅かされれば青い光を流す、このようなものたちを。

ふれて構わないコーナーのほたるいかたちは、囚われの身であることを把握しているのだろうか。知らない生きものの手に追われたり、握られたり、逃げたりしながら、もうどこへも行かれない。

「食べないでください」。言葉は告げる。眺めていてもとくに食欲は湧かない。食べたりはしない。冷たい水に両手を浸したまま、心だけ後退する。詩に似た影が足元に溜まる。

昼間の展示場を訪れる人は少ない。しばらく、三角形にもじゃもじゃと脚を生やしたほたるいかを見ていた。おもてへ出ると、海はもう目の前。空は曇り、波は静かだった。船も見えず、鳥もいない。この水の下に、ほたるいかの群れが。あらゆるものが、黙って、消えていく。

運命の恋人

川上弘美

川上弘美《かわかみひろみ》

一九五八―

東京都生まれ。作家。お茶の水女子大学理学部生物学科卒業。一九九四年「神様」で第一回パスカル短篇文学新人賞を受賞。九六年「蛇を踏む」で芥川賞、九九年『神様』でドゥマゴ文学賞、紫式部文学賞、二〇〇〇年『溺レる』で伊藤整文学賞、女流文学賞、〇一年『センセイの鞄』で谷崎潤一郎賞、〇七年『真鶴』で芸術選奨文部科学大臣賞を受賞。その他の作品に『古道具 中野商店』『夜の公園』『パスタマシーンの幽霊』などがある。

恋人が桜の木のうろに住みついてしまった。

アメリカシロヒトリが刺すよと言うと、今の季節もう蛾《が》になってしまっているから大丈夫と言い返す。じめじめするから体に悪いと注意すると、頑健なので平気だと否定する。会社に行くのに支障をきたすのではないかと心配すると、在宅勤務の多い仕事なのでなんとかなると答える。

庭の奥に立っている樹齢百年ほどの桜の木である。

深い庭で、うっそうと植物が生えており、池もある。魚や木の実や青ものなど取りほうだいで、食べ物には困らないようだ。水は、焚《た》き火で雨水の汲《く》み置きを蒸留して得るらしい。

最初のころは不安にも思ったが、恋人が平然としているし会社を馘首《かくしゅ》されることもなかったしで、すぐにわたしも慣れ、週に二回は木々をかきわけて桜の木のうろを訪ねるようになった。

くすのきの幹をつたって椎《しい》の木に移り、そこから地面におりて古い池をめぐるころには、中天に月がかかっている。

この時刻には恋人はたいがい水の中にいる。夜行性になったのがうろに住みはじめてから二ヵ月後、指の間にきれいな薄い水掻《みずか》きができたのが三ヵ月後だった。このごろはえら穴もできて、一時間くらいは水の中にもぐりっぱなしでいられるらしい。しばらく水辺で待っていれば、やがて雫《しずく》をしたたらせた恋人が音もなく水からあがり、素裸のまま抱きしめにやってくる。

会社にはあいかわらずきちんきちんと通っているが、酒だのゴルフだののつきあいが悪くなったせいか、同僚や上司に疎《うと》まれがちだと、恋人はときおりこぼした。そろそろ戻れば、と言うと、恋人は首を横に振って、もう戻れないねえ、と答える。よく見れば恋人は以前よりもずいぶんと毛深くなっているし、歯もとがり耳も立ちあがっている。

夜明けの少し前まで共に過ごしてから、持参したアイロンずみのワイシャツと恋人の好物の揚げ茄子《なす》を桜の木のうろの中にしまい、ふくろうがほうほう鳴き木々が葉ずれの音をたてるなか、わたしは梢《こずえ》をかきわけて帰路につく。

そうやって五年たち、十年たち、やがてわたしは恋人ではない男と結婚して、子供を三人生んだ。子供たちにも子供ができ、その子供にも子供ができ、つぎつぎに子孫は増えていった。

子孫が千人を越えたころ、わたしは久しぶりに庭の奥に恋人を訪ねてみることを思いついた。

昔のようにくすのきの幹をつたってから椎の木に飛び移ろうとしたが、椎の木はすっかり成長してしまい、飛び移れるような下枝がなくなっていた。

しかたなくわたしは、地面を歩いた。苔《こけ》がいちめんに生え、空気はひんやりとしていた。

古い池をめぐって、恋人が住んでいる桜の木にたどり着いたのは、真夜中だった。

ひさしぶり、と、うろの中に呼びかけてみたが、答えがない。用意してきた揚げ茄子とストライプの新品のワイシャツを、桜の幹の前に供え、しばらく待った。

うとうとしてしまったのか、目を開けると空が白んでいた。ふと見ると恋人が目の前に立っている。立ったまま揚げ茄子をむしゃむしゃ食べている。

恋人は思ったほど変化していなかった。全身がすっかり毛におおわれ、背中に羽のようなものをたたんでいるのが、変化といえば変化か。顔つきなどは昔とそっくりそのままだった。

どうしていた、と聞くと、あいかわらずだよ、会社はちゃんと通ってるし、定期検診もきちんと受けてるけど悪いところはないし、給料はあんまり上がらないけど、まあまあかな、などと澄まして答える。

ほんとにひさしぶり、なつかしいなあ、と言いながら、恋人の腰に手をまわしてみた。恋人はわたしの耳を撫《な》でてくれた。水搔きが耳に当たってくすぐったかったが、昔どおりの撫でかただった。

やさしくやさしく、恋人は耳を撫でつづけた。夜明けに鳴く鳥が、空の高いところでこうこう鳴いている。

そのままじっとしていると、恋人は一回二回強くわたしを抱きしめ、次の瞬間身をひるがえして茂みの中に消えた。

梢が何回か揺れたかと思うと、すぐに恋人は姿をあらわした。手に大きな鳥を逆さにぶらさげている。

この先も出世しそうにないけどさ、まあ毎日の食事には困らないし、こうしてひさしぶりに会ってみればやっぱり君のこと好きだし、もう一度やりなおさないか。恋人は言った。

胸がどきどきした。

長年いろいろなことを経てきたが、やはりこのひとが運命のひとだったのかもしれないと思いながら、わたしは恋人の顔をじっと見た。

昔よりもよほど精悍《せいかん》になって、羽なんかはえてるけれど、性格はいいし、生活力も案外ありそうだし。

喜んで。わたしは答えた。

やがて子供が三人生まれ、その子供に子供が生まれ、子孫は増えつづけ、桜の木のうろも手狭になったので、くすのきや椎の木のうろに子孫たちを住まわせ、わたしたちは末永く幸せに暮らした。

壹越

塚本邦雄

塚本邦雄《つかもとくにお》

一九二〇—二〇〇五

滋賀県生まれ。歌人。神崎商業学校卒業。一九五一年『水葬物語』でデビュー。五九年『日本人靈歌』で現代歌人協会賞、八九年『不變律』で迢空賞、九二年『黃金律』で斎藤茂吉短歌文学賞、九三年『魔王』で現代短歌大賞を受賞。「現代の定家」を自負する鬼才は、小説、評論、映画、シャンソンの領域にも及び、絢爛たる文体とともに、余人の追随を許さぬ独自の美学的世界を確立した。九〇年紫綬褒章、九七年勲四等旭日小綬章受章。

純白

標《しめ》の内過ぎてから連日拂曉《ふつげう》は零下十何度、飛梅沼も午前《ひるまへ》までは凍つてゐるといふ。例年なら下旬に入り大寒の聲を聞いて後に、三日に一度週に二度結氷する程度、その氷も沼の中心部は薄く、セロファン狀に水皺《みじわ》を寄せてゐた。今年の氷は厚さ五糎くらゐで、大人でも向う岸まで歩いて渡れるらしい。岸には間隔も不規則に十數本の野梅《やばい》がひねこびた枝を差し交してゐる。いづれ昔昔は天神緣起紛ひの故事もあつたのだらうが、菅原傳授の何のと言つても當節は寢言に等しい。その梅がなかごろ近くなると、南岸の日表《ひおもて》の枝からやうやく綻び始めた。

梅もさることながら、二十數年振で氷の上が歩いてみたいと穗坂は思ふ。子供の頃の記憶も今は色褪せ、靑年時代や男盛りの一時期は他國暮しで、氷どころか燒石の上を奔り廻るやうな明暮だつた。氷の上を歩むなら繪津子を誘はう。彼女なら飛梅沼をガリラヤ湖に見立て、向う岸でイエスの渡御《とぎよ》でございなどと喝采してくれよう。こちらはやらない眼科醫院勤めの醫師、相手は地方大學の音樂の非常勤講師、怠ける氣なら暇はいくらでもある。氷は厚いに越したことはなからうと、一應前觸《まへぶれ》しておいた上、冷えの一段と嚴しい十八日の味爽に電話を入れた。これから沼へ行かう。昨夜の滿月がまだ殘つてゐるのも一寸した風情だと誘ふ穗坂に、歩いていらつしやい、歸りは車で送つてあげるからと、繪津子の聲は彈んでゐた。御自慢の白いヴォルヴォが見せたいのだらう。

氷は兎も角沼を見るのも久方振だつた。去年の夏、繪津子の病氣見舞に行く道すがら、北側の道を通つたが、その折は水面をぎつしりと布袋葵《ほていあふひ》が覆ひ、黑綠の葉が脂く光を返してゐた。今日見れば跡方もなく、茫茫と雲母色の氷が張りつめ、百米彼方は有明月の光を吸つて朧に霧《きら》ふ。足踏みすると鈍い反應があり頭の心に響く。相當な厚さだらう。穗坂は目を瞑つて兩手を前に差出し、游《およ》ぐやうに歩み出す。背後の雜木林のあたりに車の止る氣配がした。ややあつて鋭い水仙のやうな香が流れる。

「それは何の眞似？アメリカ漫畫に出てくる夢遊病者つてところだけど、貴方はイエスのつもりか知ら」

苦笑しながら振返る。繪津子は雪白のファーコートの裾を翻して近づいて來た。手にはスケート靴を二足ぶら下げてゐる。身體の心がふつと點燈《とも》るやうに幼い日の記憶が蘇る。手製の竹のスケートで、手を携へて二人は飽きずに滑り廻つたものだ。否、もう一人ゐた。穂坂の二つ違ひの兄がリーダー格で常に先行し、氷の厚い薄いを敏感に見分けて二人を導いた。少年ながらに首をしやんと立て、嚴しい命令口調も板につき、繪津子は彼の濃い眉をうつとりと仰いでゐた。そんな冬が三、四年續き、弟は兄への憎しみを徐徐に募らせて行つた。その兄が沼の中央部の薄氷を何故か踏み破つて顚落死したのは、穂坂が十五、繪津子が十三の一月だつた。邪魔者が消えたのに二人きりで滑る折もなく、彼は三月に家を出た。

二人は無言で靴を穿き變へる。かたみに支へあつて立上ると、エッジがざりざりと氷を嚙む感觸も懷しく、足が自然に動き出す。それにしても、十二月の上旬にやつと退院した繪津子に、この嚴寒のさ中、夜も明けきらぬうちからのスケートは、やや過激だつたかも知れぬ。氷の面を見渡すと、うつすらと置いた霜の上に、既にかすかな足跡がある。往つて還つた小さな足跡だ。二人よりもつと早く、ここを訪れる釣マニアもゐるのだらう。固く組んでゐた手を離して繪津子はするりと後へ廻る。彼の肩に輕く手を預け、耳許へ口を近づけて囁く。

「誘つて下すつてありがたう。正直なところこれが滑り納めかも知れないの。實は、もう癒る見込もないので退院して來たんですもの。ええ、白血病。今年の夏までもつかどうか。さうなると私、生きてゐる間にしておきたいことが澤山ありすぎて途方に暮れるわ。その中の一番肝腎な一つはもうすぐ片付くけど。さう、冥途の土産、地獄への引出物、貴方の兄さんへの供物よ」

繪津子の手に俄に力が籠り、穗坂を沼の中心部目がけて押出さうとする。制御の足捌きもしどろもどろ、彼は前のめりに、恐ろしい勢で、止めるすべもなく、じはじはと水の滲んだあたりへ滑り込む。やつと踏止まつた刹那、氷は足許から崩れ、彼は短い絶叫と共に暗緑色の水に呑まれて行つた。繪津子の頰がしづかに紅潮する。彼女は二度と振返らず、風花を額に受けて歩み出した。

うすらひのにほひの梅の花きざす愛兆すことわれに禁じよ

第二部

「一文物語集」より

飯田茂実

飯田《いいだ》茂実《しげみ》

一九六七―

信州諏訪生。京都大学で文学を学び、大野一雄・大野慶人両氏のアシスタントを務めて舞踏と演出を学ぶ。一九九八年よりマルチ・アーティストとして海外十五ヵ国で新作を発表。ダンス、音楽、シアター、美術、文学など、様々な芸術ジャンルを体現しながら統合していく活動は、国際的に高く評価されている。主な舞台作品に『春ノ祭典』『Empezando el Arte Chaman（シャマン術コト始め）』、著作に『たゆたふいのち』『ダンスの原典』ほか、八作の小説、八作の戯曲、約九百篇の詩作がある。

0

あるひとは、執筆《しっぴつ》の場《ば》を見出《みいだ》すために、机《つくえ》を背負《せお》って流浪《るろう》した。

またあるひとは、雑踏《ざっとう》で、人《ひと》びとの靴《くつ》を磨《みが》く合間《あいま》に、靴磨《くつみが》き台《だい》で手紙《てがみ》を書《か》いた。

またあるひとは、地下牢《ちかろう》で、予言《よげん》の言葉《ことば》を記《しる》しては焼《や》き、記《しる》しては焼《や》き捨《す》てていた。

またあるひとは、晩年《ばんねん》に、自分《じぶん》の個人全集《こじんぜんしゅう》を、積《つ》みあげた上《うえ》で、日記《にっき》を書《か》いた。

またあるひとは、蠟石《ろうせき》で、路上《ろじょう》に聖句《せいく》を筆写《ひっしゃ》していた。

またあるひとは、洞窟《どうくつ》に籠《こも》り、岩肌《いわはだ》に、終《おわ》ることのない物語《ものがたり》を彫《ほ》りつけていた。

またあるひとは、野道《のみち》をひとり彷徨《さまよ》いながら、首《くび》に吊《つ》るした小《ちい》さな手帳《てちょう》へ、天《てん》からの声《こえ》を、立《た》ち止《ど》まっては書《か》き留《と》めていた。

またあるひとは、強制収容所《きょうせいしゅうようじょ》のなかで、指先《ゆびさき》を錆《さ》びた針《はり》で突《つ》いては、下着《したぎ》へ詩句《しく》を書《か》き続《つづ》けていた。

またあるひとは、死《し》の床《とこ》で、見《み》えない文字《もじ》を、空中《くうちゅう》に、人差《ひとさ》し指《ゆび》で書《か》いていた。

夢《ゆめ》のなかには、生《い》きいきと、そしてしみじみと、記《しる》される文字《もじ》が現《あらわ》れる。どんな言《こと》葉《ば》が、どんな所《ところ》に記《しる》されるのか、記《しる》しているのは誰《だれ》なのか、目覚《めざ》めるともう、憶《おぼ》えていない。

1

世界《せかい》のすべての人《ひと》びとを愛《あい》するために、彼女《かのじょ》は電話帳《でんわちょう》を開《ひら》き、ひとりひとりの名前《なまえ》を精魂《せいこん》こめて覚《おぼ》え始《はじ》めた。

2

幼馴染《おさななじ》みのふたりが年老《としお》いて死刑囚《しけいしゅう》の監獄《かんごく》で再会《さいかい》し、一方《いっぽう》が執行《しっこう》のために連《つ》れ去《さ》られる日《ひ》まで、寝《ね》る間《ま》も惜《お》しんで、幼年時代《ようねんじだい》の出来事《できごと》や故郷《こきょう》の風光《ふうこう》を想《おも》い出《だ》しあった。

3

山頂《さんちょう》の広場《ひろば》の太鼓《たいこ》が鳴《な》りやむと、太陽《たいよう》や月《つき》は永久《えいきゅう》に光《ひかり》を失《うしな》ってしまうため、族長《ぞくちょう》の一《いっ》家《か》は絶《た》えず交替《こうたい》で太鼓《たいこ》を叩《たた》き続《つづ》けていた。

4

夜勤《やきん》の警備員《けいびいん》をしながら、彼《かれ》はいくつもの古典悲劇《こてんひげき》を暗唱《あんしょう》したが、この何十年《なんじゅうねん》かのあいだ、口《くち》に出《だ》す言葉《ことば》といえば、「こんばんは」「お疲《つか》れさまでした」など、いくつかの挨拶《あいさつ》だけだった。

5

離《はな》ればなれになってからも、毎日《まいにち》相手《あいて》のことを忘《わす》れられずにいたふたりが、あるとき偶然《ぐうぜん》電車《でんしや》に乗《の》りあわせ、一方《いつぽう》が持《も》っていた新聞《しんぶん》の三面記事《さんめんきじ》について、しばらくぽつりぽつりと話《はなし》をして別《わか》れた。

6

彼女《かのじよ》は十代《じゆうだい》の終《おわ》りから三十歳《さんじゆつさい》ごろまで一室《いつしつ》に閉《と》じ籠《こも》り、母親《ははおや》が生涯《しようがい》書き溜《た》めた膨大《ぼうだい》な日記《につき》を、一字《いちじ》一字《いちじ》丁寧《ていねい》に筆写《ひつしや》して過《す》ごした。

7

妻子《さいし》を捨《す》てて国外逃亡《こくがいとうぼう》してきた男《おとこ》が、毎晩隠れ家《まいばんかくが》の周辺《しゅうへん》をうつむいて散歩《さんぽ》しながら、「あの角《かど》を曲《ま》がると向《むこ》うから妻《つま》たちが歩《ある》いてくる、今夜《こんや》こそ」と胸《むね》を高鳴《たかな》らせている。

8

彼《かれ》は神《かみ》に等《ひと》しい存在《そんざい》になろうと、毎日岩山《まいにちいわやま》に籠《こも》って祈《いの》り続《つづ》け、ある朝喜《あさよろこ》びに満《み》ちた夢《ゆめ》から覚《さ》めると、自分《じぶん》が一個《いっこ》の点《てん》になっていることに気《き》づいた。

9

月《つき》からかかってきた呼出電話《よびだしでんわ》なのだから、こんなに何時間《なんじかん》もただ泣《な》いていたのでは通《つう》話料金《わりようきん》がかさんで破産《はさん》してしまうとわかっているのだけれど、十数年間《じゆうすうねんかん》忘《わす》れられずにいた恋人《こいびと》の声《こえ》をいつまでも聴《き》いていたくて、どうしても受話器《じゆわき》を置《お》けずにいる。

10

異国《いこく》で死《し》の床《とこ》に伏《ふ》しているという夫《おつと》を助《たす》けるために、妻《つま》は神託《しんたく》を得《え》てみずから左腕《ひだりうで》を斬《き》り落《お》としたが、そのころすでに夫《おつと》は病《やまい》癒えて、酒場《さかば》で浮《う》かれ女《め》たちとどんちゃん騒《さわ》ぎをしていた。

11

山小屋《やまごや》に独《ひと》り住《す》んでいる老人《ろうじん》は、街《まち》では口《くち》が利《き》けないものと思《おも》われているが、夜毎《よごと》蠟燭《ろうそく》に火《ひ》をともして小箱《こばこ》から百枚余《ひゃくまいあま》りの束《たば》ねた肖像画《しょうぞうが》や肖像写真《しょうぞうしゃしん》を取《と》りだし、一枚一枚《いちまいいちまい》手《て》に取《と》っては肖像《しょうぞう》たちに熱《ねっ》っぽく語《かた》りかけている。

12

自分《じぶん》の潰《つぶ》れた醜《みにく》い声《こえ》で祈《いの》るのは冒瀆《ぼうとく》だと感《かん》じて、彼女《かのじょ》は祈《いの》りを求《もと》められても押《お》し黙《だま》っており、周《まわ》りの信者《しんじゃ》たちからは不信仰《ふしんこう》と看做《みな》されている。

13

日記《にっき》や手帳《てちょう》とともに、原稿《げんこう》をみな燃《も》やしてしまったあと、彼《かれ》は切実《せつじつ》でかけがえのない言葉《ことば》だけを、ノミで岩肌《いわはだ》に刻《きざ》みつけていた。

14

休日《きゅうじつ》に家族《かぞく》を連《つ》れて入《はい》った映画館《えいがかん》で偶然《ぐうぜん》、若《わか》いころ同棲《どうせい》していた少女《しょうじょ》が女優《じょゆう》として出《しゅつ》演《えん》している映画《えいが》を観《み》て以来《いらい》、毎日会社《まいにちかいしゃ》をさぼって映画館《えいがかん》へ行《ゆ》き、ぼんやりとその映画《えいが》ばかり観《み》ている。

15

深海魚《しんかいぎょ》に会《あ》おうとした揚羽蝶《あげはちょう》が、海面《かいめん》にへばりついている。

16

核《かく》シェルターに逃《のが》れて生《い》き残《のこ》ったふたりの男《おとこ》が、地球上《ちきゅうじょう》の国々《くにぐに》を賭《か》けて、しんみりとトランプ遊《あそ》びをしている。

17

ともに言語学者《げんごがくしゃ》の卵《たまご》である恋人同士《こいびとどうし》が、愛情《あいじょう》の記念《きねん》に熱中《ねっちゅう》してつくりあげたふたりだけのための新《あたら》しい言語《げんご》は、ひとりが夭折《ようせつ》してたちまち死語《しご》になってしまった。

18

彼《かれ》に会《あ》いに行《ゆ》くためには、彼《かれ》から預《あず》かっている愛玩動物《あいがんどうぶつ》たちを砂漠《さばく》へ置《お》き去《ざ》りにしなければならない。

19

同僚《どうりょう》たちと花見《はなみ》の席《せき》で大騒《おおさわ》ぎをしている最中《さいちゅう》にふと、自分《じぶん》が前世《ぜんせ》でこの樹《き》のしたへ誰《だれ》かを殺《ころ》して埋《う》めたことを想《おも》い出《だ》した。

20

くたびれきった男《おとこ》が、幽《かす》かに鈴《すず》の音《ね》の聞《き》こえる方《ほう》へよろめいて行《ゆ》くと、いつのまにか夥《おびただ》しい鈴《すず》の群《む》れに取《と》り囲《かこ》まれていて、なすすべもなく鈴《すず》の音責《ねぜ》めにされている。

21

教室中《きょうしつじゅう》の机《つくえ》が青《あお》く透明《とうめい》になってゆき、授業中《じゅぎょうちゅう》だというのに床《ゆか》から一斉《いっせい》に浮《う》かびあがって、窓《まど》から次々《つぎつぎ》と脱《ぬ》け出《だ》していった。

22

あるときから、襲《おそ》う者《もの》ことごとく同《おな》じ身《み》なりと荷物《にもつ》に同《おな》じ容姿《ようし》をしており、またこいつか、と追剝《おいはぎ》は溜息《ためいき》をつく。

23

巨大《きょだい》な機械《きかい》にぎっしりと並《なら》んでいるスイッチを特定《とくてい》の手順《てじゅん》で押《お》せば、不安《ふあん》や息苦《いきぐる》しさが消《き》えて安《やす》らぎを得《え》られるらしいのだが、書庫《しょこ》いっぱいの取扱書《とりあつかいしょ》を片端《かたっぱし》から読《よ》んでみてもなかなか手順《てじゅん》が呑《の》みこめない。

24

城《しろ》の地下室《ちかしつ》に設置《せっち》してある城《しろ》の模型《もけい》を揺《ゆ》すってみると、たちどころに足《あし》もとの床《ゆか》がぐらぐら揺《ゆ》れるとわかって面白《おもしろ》くなった王子《おうじ》は、次《つぎ》に模型《もけい》を足《あし》で踏《ふ》みつぶしてみた。

25

日毎《ひごと》に新《あたら》しい名前《なまえ》をつけられて別《べつ》の会社《かいしゃ》へ出勤《しゅっきん》させられていた初老《しょろう》の男《おとこ》が、ある日《ひ》突然《とつぜん》勤めをさぼり、駅前《えきまえ》の路上《ろじょう》でガソリンを頭《あたま》からかぶって立《た》ちつくしている。

26

鏡《かがみ》を覗《のぞ》くたびごと、鏡《かがみ》のなかのどこかに、花束《はなたば》を抱《かか》えた白皙《はくせき》の女《おんな》が、髪《かみ》から水滴《すいてき》をしたたらせて、じっとこちらを見《み》ているのが目《め》に入《はい》る。

27

名高《なだか》い巫女《みこ》の住《す》む岩山《いわやま》へ、多《おお》くの男《おとこ》たちがはるばる危険《きけん》を顧《かえり》みずにやって来《き》ては、消《け》してしまいたい過去《かこ》の記憶《きおく》を口移《くちうつ》しで吸《す》い取《と》ってもらっている。

28

ふたりの画家《がか》は暗《くら》いなかで抱《だ》き合《あ》って過《す》ごすばかりで、相手《あいて》の描《か》いた絵《え》をまだ一度《いちど》も見《み》たことがない。

29

氷《こおり》の宮殿《きゆうでん》にひとり住《す》みついた白子《しらこ》の少年《しようねん》が、婚姻《こんいん》の間《ま》の床《ゆか》のうえに鋭《するど》い針《はり》の城《しろ》をつくっている。

30

言葉《ことば》を失《うしな》ってしまった彼女《かのじよ》が、四分音階《しぶんおんかい》で叫《さけ》ぶようにうたうその歌詞《かし》のない歌《うた》は、聞《き》く者《もの》を何日《なんにち》かのあいだ、言葉《ことば》の話《はな》せない虚《うつ》ろな半死人《はんしにん》にしてしまう。

31

きっぱりと断《ことわ》られたのにも挫《くじ》けず、なんとか弟子《でし》にしてもらおうと数年間《すうねんかん》その老人《ろうじん》のあとを尾《つ》けまわして山奥《やまおく》へ踏《ふ》み入《い》り、ふたたび平伏《へいふく》して入門《にゅうもん》を願《ねが》ったところ、青年《せいねん》のほうで初《はじ》めから人違《ひとちが》いをしていたことが判明《はんめい》した。

32

逢引《あいびき》のために掘《ほ》った地下道《ちかどう》を、恋人《こいびと》の住処《すみか》へ向《む》かって這《は》い進《すす》んでゆくと、何者《なにもの》かの手《て》で注《そそ》がれた熱湯《ねっとう》が前方《ぜんぽう》から勢《いきお》いよく流《なが》れてくる。

33

その素性《すじょう》の知《し》れない美貌《びぼう》のモデルが息《いき》を引《ひ》き取《と》ると同時《どうじ》に、生前《せいぜん》みずから予言《よげん》していたとおり、彼女《かのじょ》を描《か》いたいくつもの肖像画《しょうぞうが》は皆《みな》、それぞれの置《お》かれている場所《ばしょ》で、紫《むらさき》色《いろ》の炎《ほのお》を吹《ふ》いて燃《も》え始《はじ》めた。

34

何《なに》も食《た》べる必要《ひつよう》がなく、路傍《ろぼう》で石鹸水《せっけんすい》を飲《の》んでは、口《くち》からシャボン玉《だま》を吹《ふ》いて、さまよい暮《く》らしている。

35

演奏会《えんそうかい》の直前《ちょくぜん》に、オーケストラの団員《だんいん》たちが楽器《がっき》ケースを開《あ》けると、それぞれのケースの大《おお》きさに見合《みあ》った子供《こども》の木乃伊《ミイラ》が入《はい》っている。

36

壁《かべ》へひそかに穴《あな》を穿《うが》ち、隣《となり》の独房《どくぼう》を覗《のぞ》いてみていたら、どんなにあがいても隣室《りんしつ》の真《まっ》暗闇《くらやみ》から目《め》が離《はな》せなくなり、穴《あな》に目《め》がひっついたまま餓死《がし》してしまった。

37

八角形《はつかくけい》の砂場《すなば》から、溶《と》けた砂《すな》が一滴一滴《いってきいってき》、天心《てんしん》へ向《む》かってしたたってゆく。

38

その生《い》き物《もの》は闇《やみ》をこねて造《つく》るしかなく、朝《あさ》が来《く》るといつも未完成《みかんせい》のまま溶《と》け消《き》えてしまう。

39

家族《かぞく》・知人《ちじん》ばかりでなく新聞配達人《しんぶんはいたつにん》さえもふっつりと訪《たず》ねてこなくなり、彼女《かのじょ》は埃《ほこり》の溜《た》まった廊下《ろうか》に張《は》った薄紫《うすむらさき》の繭《まゆ》の中《なか》で、数箇月前《すうかげつまえ》の新聞《しんぶん》を何度《なんど》も読《よ》み返《かえ》している。

40

強《つよ》い陽射《ひざ》しのしたで、全裸《ぜんら》の少女《しょうじょ》が花環《はなわ》を作《つく》りながら歩《ある》いていると、花畑《はなばたけ》のなか、水《すい》銀《ぎん》をなみなみとたたえて輝《かがや》く池《いけ》を見《み》つけた。

41

脇腹《わきばら》のぱっくりと割《わ》れた刺傷《さしきず》を押《おさ》えながら、爽《さわ》やかな朝《あさ》の湖岸《こがん》で、せがまれて、子供《こども》たちと、命《いのち》のかぎり、遊《あそ》んでいる。

42

目覚《めざ》めるとマンションの部屋《へや》いっぱいに、極彩色《ごくさいしき》の蔓植物《つるしょくぶつ》が生《お》い茂《しげ》っており、ほとんど身動《みうご》きがとれない。

43

その乞食《こじき》は有金残《ありがねのこ》らずはたいて、長年裏口《ながねんうらぐち》から残飯《ざんぱん》をもらい続《つづ》けてきた料亭《りょうてい》を、料理人《りょうりにん》もろとも買《か》い取《と》った。

44

公園《こうえん》で日《ひ》向《なた》ぼっこをしていた余所者《よそもの》が、突然目《とつぜんめ》隠《かく》しされて円型広場《えんけいひろば》の中央《ちゅうおう》へ連行《れんこう》され、周囲《しゅうい》の群衆《ぐんしゅう》から「殺《ころ》したな」「おまえが殺《ころ》したんだ」と罵声《ばせい》を浴《あ》びている。

45

社交家《しゃこうか》のパペは百人《ひゃくにん》ほどの友人《ゆうじん》を持《も》っており、そのうちの一人《ひとり》である孤独《こどく》なピポのほうでは自分《じぶん》に一人《ひとり》も友人《ゆうじん》などいないものと思《おも》っていたが、百冊《ひゃくさつ》ほどの愛読書《あいどくしょ》を所蔵《しょぞう》していて、そのうちの一冊《いっさつ》の著者《ちょしゃ》がパペだった。

46

夢遊病者《むゆうびょうしゃ》の青年《せいねん》が夜《よる》の廃墟《はいきょ》をさまよって、左《ひだり》の耳朶《みみたぶ》を嚙《か》み切《き》られた。

47

小《ちい》さな靴《くつ》になってしまった彼女《かのじょ》のなかへ、人《ひと》びとが代《かわ》るがわる大《おお》きな足《あし》をねじこんで歩《ある》いては、すぐにまた脱《ぬ》ぎ捨《す》てている。

48

この世《よ》の悪《あく》を除《のぞ》くため、浮浪者《ふろうしゃ》は都心《としん》を離《はな》れて森《もり》の奥《おく》へ行《ゆ》き、「入《ハイ》ッテコイ悪霊《アクリョウ》タチヨ、ミンナ残《ノコ》ラズ私《ワタシ》ノナカへ入《ハイ》ッテコイ」と力《ちから》のかぎり呼《よ》びかけた。

49

海底《かいてい》の宮殿《きゅうでん》で豪奢《ごうしゃ》なもてなしを受《う》けてきた漁師《りょうし》が、陸上《りくじょう》へ帰還《きかん》したとたんに、ふだんと変《か》わらぬ日々《ひび》の暮《く》らしの愚痴《ぐち》を妻《つま》から聞《き》かされて、たちまち髪《かみ》が白《しろ》くなり何歳《なんさい》も老《ふ》けこんでしまった。

50

寺《てら》に納《おさ》められている絵巻《えまき》に描《か》かれたとおりのことが村《むら》に起《お》こっていると知《し》って、住職《じゅうしょく》がその不吉《ふきつ》な絵巻《えまき》を火中《かちゅう》に投《とう》じたところ、村中《むらじゅう》から慌《あわ》ただしい半鐘《はんしょう》の音《おと》が聞《き》こえてきた。

51

コノ帽子《ボウシ》カラ、モウ一人《ヒトリ》ノボクガ出《デ》テキテ、ボクヲ帽子《ボウシ》ノナカヘ入《イ》レテシマッタンダケド、ソイツガ置《オ》キ忘《ワス》レタ帽子《ボウシ》カラ、ウマク脱《ヌ》ケ出《ダ》スノニ成功《セイコウ》シテ、僕《ボク》ハコウシテ君《キミ》ト話《ハナシ》ヲシテイルンダヨ。

52

魔物《まもの》に追《お》われて見知《みし》らぬ街《まち》のなかを逃《に》げゆく夢《ゆめ》から目覚《めざ》めると、魔物《まもの》の姿《すがた》はどこにもなかったが、見知《みし》らぬ街《まち》のなかを走《はし》っていた。

53

一枚《いちまい》ごとに日時《にちじ》と場所《ばしょ》を記録《きろく》しながら、二千万枚《にせんまんまい》をめざして、都会《とかい》のビルの窓《まど》ガラスをパチンコで割《わ》っている。

54

隣《となり》の部屋《へや》へ引《ひ》っ越《こ》してきた一人暮《ひとりぐら》しの女《おんな》が、お近《ちか》づきのしるしにと言《い》って、剥《は》いだ生爪《なまづめ》を十枚《じゅうまい》贈《おく》ってくれる。

55

焼跡《やけあと》から持《も》ち帰《かえ》った缶詰《かんづめ》はどれも開《あ》けると蝉《せみ》の抜殻《ぬけがら》が入《はい》っていた。

56

家出《いえで》した少女《しょうじょ》の青白《あおじろ》い掌《てのひら》で、真夜中《まよなか》に耳掻《みみか》き棒《ぼう》が叩《たた》きこまれる。

57

日《ひ》が暮《く》れてもなお汗《あせ》だくで捕虫網《ほちゅうあみ》を振《ふ》りまわし、すでに一杯《いっぱい》になった虫籠《むしかご》へ、捕《つか》まえたとんぼを次々《つぎつぎ》と押《お》しこんでいる。

58

鍵《かぎ》を壊《こわ》して室内《しつない》へ飛《と》びこむと、妻《つま》とその愛人《あいじん》は青白《あおじろ》く輝《かがや》くとろとろの液体《えきたい》になっており、ふたりの衣服《いふく》だけが靴《くつ》のうえに残《のこ》っている。

59

彼《かれ》は日曜日《にちようび》の出来事《できごと》を詳細《しょうさい》にしたためた日記《にっき》を一冊《いっさつ》書きあげるのに月曜日《げつようび》から土曜日《どようび》までの六日間《むいかかん》を費《つい》やして、遺産《いさん》をゆるゆる食《く》いつぶしている。

60

野鼠《のねずみ》を捕《つか》まえて食《た》べたいと胸《むね》はあこがれるのだけれど、野鼠《のねずみ》のいる山《やま》は遠《とお》く離《はな》れているので、手近《てぢか》なところでどぶ鼠《ねずみ》を捕《つか》まえて腹《はら》をみたしてしまう。

61

黴《かび》だらけの毛布《もうふ》をめくりあげると、朽《く》ちた寝台《ベッド》のマットのうえで、釘抜《くぎぬ》きが無数《むすう》の釘《くぎ》に埋《う》まっていた。

62

師匠《ししよう》の家《いえ》から預《あず》かってきた巨石《きよせき》の重《おも》みで、一歩《いっぽ》一歩《いっぽ》沼地《ぬまち》へ足《あし》がはまっていって身動《みうご》きがとれなくなり、せめて自分《じぶん》よりも遅《おく》れて沈《しず》むようにと石《いし》を頭上《ずじよう》に掲《かか》げ持《も》っている。

63

盗賊《とうぞく》の首領《しゆりよう》が、ある晩洞窟《ばんどうくつ》の奥《おく》で宝石《ほうせき》をちゃらつかせながら、突然《とつぜん》、幼《おさな》いころ自分《じぶん》が盗賊《とうぞく》になろうと思《おも》いたった理由《りゆう》を想《おも》い出《だ》し、がばっと立《た》ちあがるや単身馬《たんしんうま》を駆《か》って、郷里《きようり》へ砂糖菓子《さとうがし》を買《か》いにいった。

64

密室《みつしつ》に長年籠《ながねんこも》って描《か》きあげた架空《かくう》の街《まち》の緻密《ちみつ》な地図《ちず》を大切《たいせつ》に畳《たた》んで懐中《かいちゆう》に入《い》れ、現実《げんじつ》の街《まち》へさまよい出《で》たまま、行方《ゆくえ》が知《し》れない。

65

墓地《ぼち》から枯《か》れた花束《はなたば》を盗《ぬす》んでくるたびに背骨《せぼね》が少《すこ》しずつ彎曲《わんきょく》してゆく。

66

どうせ塔《とう》を造《つく》るのだからと、大勢《おおぜい》の人《ひと》に見《み》てもらえるところへ石《いし》を積《つ》むのだけれど、そこは人通《ひとどお》りが激《はげ》しいので、ゆだんするとすぐに石《いし》の塔《とう》は崩《くず》されてしまう。

67

上空《じょうくう》から吊《つ》り下《さ》げられた手袋《てぶくろ》の中《なか》に手《て》が入《はい》っている。

68

写真家《しゃしんか》が荒野《こうや》で飢渇《きかつ》のあまり倒《たお》れ伏《ふ》していると、翼《つばさ》の生《は》えた男《おとこ》がやって来《き》て、いくらでも食《く》い物《もの》や飲《の》み物《もの》のでてくる袋《ふくろ》をやるからおまえの目玉《めだま》を二個《にこ》くれよ、と言《い》った。

69

ちぎれた指《ゆび》に繃帯《ほうたい》を巻《ま》いたピアニストが、塹壕《ざんごう》のなかで雨《あめ》に打《う》たれてまどろみながら、地球大《ちきゆうサイズ》の鍵盤《けんばん》を弾《ひ》く夢《ゆめ》を見《み》ている。

70

大河《たいが》を跳《と》び越《こ》えて女《おんな》のもとへ駆《か》けつけると、すでに彼女《かのじょ》は凍《こお》りついており、抱《だ》き締《し》めるとひびが入《はい》った。

71

わたしが愛《あい》しているのはあなたの囲《かこ》いこんでいるものじゃなくって、あなたっていう薄《うす》っぺらな膜《まく》なの、と水《みず》たまりに浮《う》かんでいるあぶくが隣《となり》のあぶくに耳打《みみう》ちした。

72

餌《えさ》を買《か》う金《かね》が尽《つ》き、飼猫《かいねこ》たちはみな剝製《はくせい》にされた。

73

入院《にゆういん》四年目《よねんめ》にして初《はじ》めての見舞客《みまいきやく》である青年《せいねん》がベッドのかたわらで絶《た》え間《ま》なく話《はなし》をするのを無名《むめい》の老詩人《ろうしじん》はじっと聞《き》いていたが、とうとう一言《ひとこと》「僕《ぼく》はモノローグを聞《き》くのが嫌《きら》いなんだよ」と青年《せいねん》に言《い》ってしまって、恐《おそ》ろしい沈黙《ちんもく》のなか、溜息《ためいき》をついた。

74

硬直《こうちよく》した親友《しんゆう》の亡骸《なきがら》を横抱《よこだ》きにして、廃墟《はいきよ》の地平線《ちへいせん》の夕焼《ゆうや》けを眺《なが》めている。

75

二十年《にじゅうねん》あまり舞台《ぶたい》のうえで老夫婦《ろうふうふ》を演《えん》じ続《つづ》けたふたりの役者《やくしゃ》が、公演《こうえん》打ちきりの晩《ばん》、初《はじ》めて舞台《ぶたい》の外《そと》で抱《だ》き合《あ》った。

76

病院《びょういん》の立入禁止《たちいりきんし》の地下室《ちかしつ》で、姉《あね》と弟《おとうと》、繃帯《ほうたい》を解《と》く。

77

恋人《こいびと》が搔爬《そうは》の手術《しゅじゅつ》を受《う》けているあいだに、少年《しょうねん》は無数《むすう》の浮塵子《うんか》の死骸《しがい》を掃《は》き集《あつ》め、ガスバーナーで火《ひ》をつけた。

78

純粋《じゅんすい》にのぼるためだけの梯子《はしご》が空《そら》に向《む》かって伸《の》びており、押《おさ》えている人《ひと》がいないからいつ倒《たお》れるとも知《し》れない。

79

ぼろ布《ぬの》をまとって各地《かくち》を放浪《ほうろう》して歩《ある》いている彼《かれ》のただひとつの持物《もちもの》は大《おお》きな極彩色《ごくさいしき》の凧《たこ》であり、彼《かれ》のただひとつの願《ねが》いは雷《かみなり》に当《あた》って野垂死《のたれじに》することだった。

80

熱病患者《ねつびょうかんじゃ》の額《ひたい》を冷《ひ》やしたり、盗《ぬす》まれた宝石《ほうせき》を包《つつ》んだり、若《わか》い娘《むすめ》の夜《よる》の涙《なみだ》をぬぐったりしたかったのに、そのハンカチは古着《ふるぎ》屋《や》の倉庫《そうこ》のなかで、いつまでも見栄《みば》えのしない外套《がいとう》のポケットに入《はい》ったままだった。

81

ふたりともついつい体《からだ》に有刺鉄線《ゆうしてっせん》を巻《ま》きつけてくるので、何度《なんど》デートをかさねても抱《だ》き合《あ》うことがなく服《ふく》を脱《ぬ》がせ合《あ》うこともない。

82

一輪《いちりん》の花《はな》を捧《ささ》げ持《も》って綱渡《つなわた》りをしていた男《おとこ》が足《あし》を滑《すべ》らせ潰《つぶ》れて死《し》んだが、花《はな》は空中《くうちゅう》に留《とど》まり、微風《そよかぜ》にふわふわと漂《ただよ》っていた。

83

ふたりは目覚《めざ》めると夜中《よなか》まで互《たが》いの体《からだ》にあでやかな絵《え》を描《えが》き合《あ》い、それから長《なが》いあいだにじませ合《あ》い・うつし合《あ》った絵具《えのぐ》を朝早《あさはや》く洗《あら》い落《お》として、ふたたび一緒《いっしょ》に眠《ねむ》るという日々《ひび》を繰《く》り返《かえ》していた。

84

街《まち》を見《み》おろす塔《とう》の頂上《ちょうじょう》に据《す》えつけられた彫像《ちょうぞう》は、数百年間《すうひゃくねんかん》人間《にんげん》の群《む》れを眺《なが》め続《つづ》けているうちに、だんだん虚《うつ》ろな目《め》つきになっていった。

85

知識《ちしき》をがつがつ吸収《きゆうしゆう》しようとして血走《ちばし》っているそのひとの眼《め》に触《ふ》れると、どんな本《ほん》の活字《かつじ》も怯《おび》えて紙《かみ》から逃《に》げだしてしまい、あとには白《しろ》いページしか残《のこ》らない。

86

その骨片《こつぺん》から、兄《あに》は釣鉤《つりばり》と矢尻《やじり》を作《つく》り、妹《いもうと》は耳飾《みみかざ》りとかんざしを作《つく》った。

87

全裸《ぜんら》の青年《せいねん》が使《つか》い古《ふる》した電動《でんどう》ノコギリを抱《だ》いて下《げ》水道《すいどう》で眠《ねむ》っている。

88

奴隷《どれい》として売《う》られてゆく夫《おっと》の足《あし》にすがりついて妻《つま》が泣《な》きじゃくっているうちに夫《おっと》は連《つ》れ去《さ》られてしまい、片足《かたあし》だけが残《のこ》った。

89

老《お》いた船乗《ふなの》りが漂着《ひょうちゃく》した孤島《ことう》で見出《みいだ》した苔《こけ》だらけの塊《かたまり》は、故国《ここく》に放置《ほうち》してあった母親《ははおや》の墓《はか》の墓石《ぼせき》だった。

90

散歩《さんぽ》から帰《かえ》ってみると、家《いえ》も家族《かぞく》も他人《たにん》のものになっていて、誰《だれ》も彼女《かのじょ》に用《よう》がない。

91

積年《せきねん》の良心《りょうしん》の痛《いた》みに耐《た》えられず、彼《かれ》は鐘楼《しょうろう》のうえへよじのぼり、かつて犯《おか》した悪事《あくじ》を群衆《ぐんしゅう》に向《む》かってメガホンで告白《こくはく》したが、群衆《ぐんしゅう》はそれぞれのおしゃべりに夢中《むちゅう》で、誰《だれ》も彼《かれ》の懺悔《ざんげ》など聞《き》いてはいなかった。

92

冬《ふゆ》のさなかにあばら家《や》で、親子《おやこ》が抱《だ》き合《あ》って震《ふる》えていると、暖《あたた》かい御馳走《ごちそう》を山盛《やまも》りにした幾枚《いくまい》もの大皿《おおざら》が、形而上学《けいじじょうがく》を論《ろん》じ合《あ》いながら、目《め》のまえを通過《つうか》していった。

93

あなたがたのうちで罪《つみ》のない者《もの》がまずこの女《おんな》に石《いし》を投《な》げなさい、との言葉《ことば》に、太《ふと》った無垢《むく》な青年《せいねん》が巨大《きょだい》な石《いし》を抱《かか》えてのっそりと前《まえ》へ進《すす》みでた。

94

連《つ》れ込《こ》んだひとが肌《はだ》をゆるし心《こころ》をゆるして眠《ねむ》っているあいだに、鋏《はさみ》でその髪《かみ》を切《き》ってしまい、起《お》き抜《ぬ》けにしめす反応《はんのう》を隣室《りんしつ》から覗《のぞ》き見《み》るのが彼《かれ》の愉《たの》しみだった。

95

ひとけない夜《よる》の磯辺《いそべ》で、抜《ヌ》ケナイノ、誰《ダレ》カ助《タス》ケテ、という叫《さけ》びがあがっている。

96

死《し》んだ恋人《こいびと》が好《す》きだったものを見《み》ないですますため、彼女《かのじょ》はとうとう自分《じぶん》の両眼《りょうめ》を潰《つぶ》してしまった。

97

冷《つめ》たく霧雨《きりさめ》の降《ふ》る夜《よる》、目隠《めかく》しをした大勢《おおぜい》の女《おんな》たちが、裸足《はだし》で山道《やまみち》を走《はし》っていった。

98

二本《にほん》の並《なら》んだ切株《きりかぶ》が、かつて見《み》はるかした遠景《えんけい》や、集《あつ》ってきた様々《さまざま》な鳥《とり》たちの想《おも》い出《で》を、愉《たの》しげに語《かた》りあっている。

姿《すがた》を消《け》した都《みやこ》の名高《なだか》い仏師《ぶつし》が、山奥《やまおく》の洞窟《どうくつ》で木彫《きぼ》りの球体《きゅうたい》を抱《だ》いてゲラゲラ笑《わら》っていたという。

99

100

若《わか》いころ婚約《こんやく》していた女《おんな》のもとへ長《なが》い手紙《てがみ》を書《か》き送《おく》るのが男《おとこ》の五十年来《ごじゅうねんらい》の日課《にっか》であり、ぶ厚《あつ》い封書《ふうしょ》を開封《かいふう》せずに焼却《しょうきゃく》するのが五十年来《ごじゅうねんらい》の女《おんな》の日課《にっか》であった。

101

一本《いっぽん》の腕《うで》が地面《じめん》から突《つ》きだしており、周囲《しゅうい》の土《つち》をどんなに深《ふか》く掘《ほ》っていっても、なかなか腕《うで》につながる胴体《どうたい》が現《あらわ》れない。

102

鋭利《えいり》なガラスの破片《はへん》を口《くち》から口《くち》へとうつしあっている。

103

荒地《あれち》を歩《ある》き疲《つか》れてふらついている女《おんな》のまえに、見渡《みわた》すかぎり布団《ふとん》が敷《し》きつめられてあり、どの布団《ふとん》も水《みず》を含《ふく》んでぐっしょりと濡《ぬ》れている。

104

貧《まず》しい身《み》なりの痩《や》せた少女《しょうじょ》が、ブラウスやスカート、イヤリングやネックレスを万引《まんびき》し、トイレで身《み》につけてから、デパートの屋上《おくじょう》へ向《む》かう。

105

地下鉄《ちかてつ》のホームで汚水《おすい》をなみなみと満《み》たした洗面器《せんめんき》を手渡《てわた》され、満員電車《まんいんでんしゃ》のなかでこぼさないように掲《かか》げ持《も》っていろと命《めい》じられて、逆《さか》らえない。

106

老《お》いて客《きやく》をとれなくなった男娼《だんしよう》が、酒場《さかば》をうろついて客《きやく》にビールの空瓶《あきびん》を渡《わた》し、瓶《びん》が割《わ》れるまで頭《あたま》を殴《なぐ》ってもらって、いくばくかの埋《う》め合《あわ》せを得《え》ている。

107

保養地《ほようち》を散歩《さんぽ》していた紳士《しんし》が、ふと想《おも》い出《だ》して一年前《いちねんまえ》の待《ま》ち合《あわ》せの場所《ばしょ》へ立《た》ち寄《よ》ってみると、少女《しょうじょ》は待《ま》ちくたびれて骨《ほね》になっていた。

108

老父《ろうふ》が遺産《いさん》として残《のこ》してくれた離《はな》れ小島《こじま》へ行《い》ってみると、島中《しまじゅう》に見知《みし》らぬ少女《しょうじょ》の石像《せきぞう》が立《た》ち並《なら》んでいた。

第三部

酒井妙子のリボン

戸板康二

戸《と》板《いた》康二《やすじ》

一九一五—一九九三

東京都生まれ。演劇評論家、作家。慶應義塾大学国文科卒業。日本演劇社に入社。一九四九年『わが歌舞伎』『丸本歌舞伎』で戸川秋骨賞を受賞。退社後、演劇評論家として活躍。五二年『劇場の椅子』『今日の歌舞伎』で芸術選奨文部大臣賞、六〇年には推理小説『團十郎切腹事件』で直木賞を受賞した。随筆『ちょっといい話』はベストセラーとなる。七七年日本芸術院賞を受賞。九一年日本芸術院会員。

1

日本を研究する学者が世界中にいる。日本についての学問を、ジャパノロジー、研究している人を、ジャパノロジストというのだそうである。

先年、チェコのプラハに行った時、この都市の国立大学の女の教授がいて、ホテルに訪ねて来た。「明治維新の研究」をしているというので、「どういうテーマですか」と訊くと、「当時の志士を後援していたパトロンについて調べている」といったので、びっくりした。

この女性はのちに東京に来て、大学の講義を聴講したらしく、毎日新聞の「十字路」という外国人を紹介する続き物に、或る日登場したので、なつかしかった。

数年前のことになるが、ユネスコの斡旋《あっせん》で、そういうジャパノロジストの国際会議が京都で開催された。私はその席には加わらなかったが、出席者のいく人かが、東京に来た時、国立劇場に案内した。

歌舞伎を見せたかったのだが、この月、この劇場では、新派の古典である「婦《おんな》系図《けいず》」の通しを上演していた。

もっとも、この芝居は、大部分は明治四十一年に初演された台本に従って演じられている。その原作が書かれた時代の風俗が見られるという点で、一階席に二列に並んだ異国の客には、大変よろこばれた。

「婦系図」について解説をする必要もないような気がするが、泉鏡花《いずみきようか》の小説を読んだことのない読者もいるだろうし、新派の舞台を、みんなが見ているわけでもない。戦後、この作品は、大映で映画化され、「湯島の白梅」という題で、山本富士子が主演しているし、封切りの前後に、同名の歌謡曲もできている。しかし、それも、一部の人が見たり聞いたりしているにすぎないだろう。

簡単にストーリーを書いておく。

本郷の真砂町《まさごちよう》に、大学教授で、酒井俊蔵《さかいしゆんぞう》というドイツ文学者がいる。友人が釣りに行った時に捕まえた少年のスリを引きとって、以後、ずっと家に同居させて、面倒を見てやることにした。

その少年は早瀬主税《はやせちから》といい、先生の恩誼《おんぎ》に感激、キッパリ改心して、弟子としてドイツ語を勉強して成人する。

酒井の家にいるひとり娘の妙子《たえこ》は、この先生が小芳《こよし》という柳橋《やなぎばし》の芸者に生ませた子だが、父親の家に引きとられ、美しく育って、女学校にかよっている。

主税は小芳の後輩の蔦吉《つたきち》という芸者と恋に陥り、妓籍を退いて本名にかえったお蔦と飯田橋《いいだばし》に世帯を持つが、先生はそれを知っていて、ある夜小芳のいる席で、主税に「おれと別れるか、女と別れるか」と、二者択一をせまる。主税は先生の言葉にさからえず、お蔦とわかれて、東京を去り、静岡でドイツ語の私塾を開き、長男が妙子を見そめて求婚して来た河野家と接近、その一門の醜聞をののしって、結局は自殺する。お蔦はそのすこし前に、胸の病気で死んでいた。酒井先生が臨終をみとる。

前後編にわかれている原作は、後段に、酒井と河野の対照的な家庭がくわしく書かれていて、つまり、それが「女の系図」という、この長編の題名の由来でもある。

新派の舞台にこれがのったのは、明治四十一年九月の新富座だが、脚色は鏡花と同門の柳川春葉であった。

主税がお蔦に別れ話を持ち出す「湯島の境内」は、大正三年に再演された時、原作者自身が定本を作ったもので、全集にもはいっている。

柳永二郎の「新派劇談」に引用されている喜多村緑郎《きたむらろくろう》の談話によると、「婦系図」の場割は、「序幕に原作の書き出しを丁寧に取り入れた〝新世帯〟があって、〝縁日〟、それから〝柳橋小芳の家〟で舞台が回ると〝塀外《へいそと》〟。次が〝湯島境内〟。六ばい目になって真砂町の酒井邸、俗にいう妙子の〝硯洗《すずりあら》い〟があり、舞台が回って早瀬がアバ大人（注—原作の坂田礼之進）を翻弄する座敷になる。それに続いて〝新橋ステーション〟。幕が改まって〝めの惣《そう》〟となるのだ。あとの場面は静岡に移る。まず〝ああべえ横丁〟の私塾があり、河野の病院へ行き〝安東村〟になる。大詰で再び東京に戻り〝めの惣二階〟お蔦臨終の場で打ち出し」と語られている。

国立劇場のこの上演の時は、かなり多くの場面が、川口松太郎の手で補綴《ほてい》されていた。

お蔦という役は、かつて河合武雄《かわいたけお》も一度演じているが、初演以来、じつに五十年もこの役を演じ続けた喜多村緑郎という、昭和三十六年に九十一歳で死んだ女形が、「型」を完成、その門人の花柳章太郎《はなやぎしょうたろう》が、この芸を継承したのだ。

今あげた三人が、明治から昭和までいた新派の男優である。

花柳が生きているころ、主税をしばしば演じ、その相手役のお蔦を、水谷八重子《みずたにやえこ》が、やはり喜多村に教わって、演じた。

国立劇場の「婦系図」はその八重子が、花柳没後ずっと持ち役にしているお蔦になり、主税は、歌舞伎の中村吉右衛門《なかむらきちえもん》であった。女優のほうが三十以上も年上なのに、この一対の男女のバランスが、見ていてすこしも、おかしくなかった。おどろくべき八重子の若さである。

「婦系図」は、ジャパノロジストたちによく理解されたようで、ロンドンから来ていた老教授が、そっと涙をハンカチで拭いているのを見た。

みんなから、最も興味を持たれたのは、この時珍しく出た主税の家と、めの惣のいつもの場面に登場する酒井妙子の役であった。

ひさし髪に大きなリボンをつけ、矢がすりの着物に海老茶《えびちゃ》の袴をつけ、靴《くつ》を穿《は》いて、洋傘を持っているという、明治の和洋混合の風俗が珍しかったのであろう。

私の隣りの席にいたアラン・リーブルというパリの古本屋の主人は、目を見はって、「非常におもしろい。そして、非常に美しい」とつぶやいていた。

観劇がマチネーだったので、その夜はみんなの泊っている紀尾井町《きおいちょう》のホテルに私も行き、十二階の日本間で、スキヤキを食べた。

その席で、「婦系図」について、当日の観客の感想を聴くことができたのは、まことにありがたかった。じつは、それを紹介するのが目的で、この文章を書きはじめたわけなのだが、その劇場を出ようとした時に、国際会議の事務局長の田島君が、真剣な顔で近づいて来たことも、書かなければならない。

「何です?」

「いろいろ御世話様でした。ところで、御迷惑ついでに、これから御一緒に会食していただくお客様たちの、たっての願いを聞き届けて下さいませんか」

「どういうことでしょう」

「これは五人から、たのまれたんですが、今夜、いま舞台に出ていた女優さんに、ホテルまで来て貰いたいというのです」

「水谷さんは、無理でしょう。何といっても年だし、まっすぐ家に帰って、休養したいというでしょう」

「いえ、水谷さんでなくてもいいんです。じつは、妙子を演じた若い女優に会いたいというわけです」

「なるほど、休憩時間にも、あの女学生の姿がおもしろいという声が、しきりにあがっていましたっけ」と私は、うなずいた。

「どうでしょうね。あの女優、何といいましたかな」と田島君は、来てもらえると安心しているような表情で、私に質問した。

「波乃久里子《なみのくりこ》、勘三郎《かんざぶろう》の娘ですよ」

「ほう」

「訊いてみましょう。久里子なら、ぼくも昔ヨーロッパに一緒に行って、よく知っているし、都合がつけば、来てくれるでしょう」

「ところで、もうひとつ、お願いがあるんですが」と、田島君が、言いにくそうに、いった。

「まだあるんですか」私も何となく不機嫌《ふきげん》な口調になって、反問した。

「じつは五人のうちの四人が希望しているんですが、その席に、舞台に出て来たあの姿で、来てくれというんです」

「そりゃ駄目だ」と私は、じれったいのを我慢していたので、癇癪《かんしゃく》をおこした声で、言下にことわった。「そんなことは絶対にたのめませんよ」

「そうですか、残念だな」と田島君は、うつむいて、しばらく考えていた。

「扮装《ふんそう》のまんまでという注文をとりさげてくれたら、喜んで、たのんで上げますよ」

と、私もあんまりしょげてしまった相手が、つい気の毒になって、いった。

「そうですね。日本では、扮装のまま俳優がよそに行くという習慣がないといって、ことわりましょう」と田島君は、やっと、あきらめたようだった。

私は、すぐ楽屋に行ったのだが、最後の場面に出ていない久里子は、三十分ほど前に、自宅に帰ったという。そこで、電話をかけてみると、「ごめんなさい、先生。私、きょう、熱があるんです。季節はずれの風邪《かぜ》を引いてしまったらしいの」といった。

なるほど、そういえば変な声だ。妙子を見ていて、いつものようにセリフをいっていないと、私は思ったのだが、電話で直接話すと、たしかに、のどを痛めているらしいのが、わかった。

引っ返して、田島君に話すと、「残念ですな。みんなも、残念がるでしょう」といった。

2

じつをいうと、田島君の敏腕に私はおどろかされた。しかし、おどろいたばかりでなく、私は、たいへん不快だった。

ホテルにすこし遅れて着き、スキヤキの会場としてリザーブしておいた日本間にはいって、煙草をふかしていると、ロビーから電話がかかった。

「絹子です。竹野さんですか」といった。

新派の一座にいて、去年、勉強会で、めの惣の内が一幕だけ出た時、妙子を演じた峯本絹子《みねもときぬこ》の声だった。

「古島先生からお話があったので、まいりましたの。そこに行っていいのかしら」

「何だって」

「先生からいわれたんです。ホテルに竹野さんがいるから、指図してもらって、外国から来たお客様たちを御接待するようにって」

「びっくりしたな」と思わずいったが、「とにかく十二階までいらっしゃい。松の間って訊けば、すぐわかる」と教えた。

正直にいって、私は、田島君が、波乃久里子が健康上の理由で来られないとわかった直後に、劇作家の古島忠に相談し、古島から手をまわしてもらって、若い女優をホテルに来させた手まわしのよさには感心した。

もうひとつ、打ち明けていうと、私は、峯本絹子という女優が好きなのである。姿を見ていても、声を聞いていても、いつも嬉しくなる。いい年をして、こんな告白をするのを読者は嘲笑《ちようしよう》するだろうが、少女時代に新派の英太郎の門下にはいった時から、何となく、忘れがたい気持があったのだ。

私は新聞記者で、劇評は書かないが、時々劇場のプログラムに、出演者について書くことがある。峯本絹子は一座の中では、まだ幹部にもなっていない若輩なので、新派の本興行には書く機会もなかったが、前年日生《にっせい》劇場の松竹現代劇に、娘方らしい柄を買われて出演した時、たまたま、私が原稿をたのまれていたので、彼女について書いた。

できるだけ、甘やかしたい心持をおさえて書いたつもりだったが、それを読んだいく人かに、「竹野さんは、峯本絹子に、よほどまいっているらしい」とひやかされて、赤面した。

もっとも、絹子は日生に出る直前に、一座の男優と結婚していた。私は端正な顔をした山形吉雄《やまがたよしお》というその役者に、掌中の珠《たま》を奪われたような気がしていたので、「最近幸福な人妻になったが、娘方としての美しい素質を、いつまでも失わないでほしい」などと書き、それが皆の目にとまったのであろう。

もっとも、絹子はたった二か月で、夫と別れた。破局の原因については、固く口をとざしていて、私にもわからずにいたのだが、「婦系図」の上演されるすこし前に、たまたま新劇を見に行っていると、ホールの廊下で、新派で絹子と同期生の藤井敏子から、こんなことを聞いた。

「先生、峯本さんがなぜ御主人と別れたか、御存じないでしょう？　あの山形さんって人、女が嫌いなんですって」

「へえ」と私は、思わず大きな声を出した。

「絹子、もう懲り懲りしたといってるわ。女に興味がないって、どういうのかしら。ああ、私も、ぞっとする」と敏子は、大げさに、首を振った。

私は、呆然《ぼうぜん》として聞いていたが、敏子がつけ加えた。「かわいそうに、それから峯本さん、ほかの女形のそばに行くのも、いやなんですって。山形さんのことがショックだったのよ」

夫婦生活について、立ち入ったことを尋ねるわけには行かないので、私は、山形と離婚したと聞いてから、何回も会っている絹子に、一言も質問しなかったのだ。

しかし、ふしぎに、二か月でも結婚生活を経験した絹子には、前にはなかった人妻の美しさが、しっとりと身についているのを、私は感じていた。

その絹子がエレベーターを昇り、いまこの部屋にはいってくると思うと、私は、胸がおどった。だが、絹子を見た瞬間、私は、心底、腹が立った。なぜなら、峯本絹子は、「婦系図」の舞台に出る妙子の扮装をし、厚化粧をして来たのである。

「あッ、君は」と私はつい叫んでしまった。「君は、妙子の姿で来たのか。そう古島さんに、いわれたのか」

「ええ、外国人がきっと喜ぶから、妙子になってホテルへ行けといわれたんです。それでかつらと衣装を大いそぎで借りて、うちでこの格好になって出て来たんです。兄の車で送ってもらったんですけど、ホテルに着くと、ジロジロ見られるので、私、きまりが悪かった」と絹子は、すこしも悪びれず、もちろん私の思わくなぞ夢にも知らず、笑いながら、こう語った。

そこに田島君が来て、大げさに両手をあげて歓迎する。ドヤドヤとジャパノロジストたちが、はいって来る。

もう仕方がないと思って、私は、すえかねる腹の虫を無理におさえつけ、努力して笑顔を作った。

明治の可憐な女学生の姿をしている女優は、握手攻めに会っていた。日本語がうまい外国人ばかりなので、通訳の必要はない。

「立って下さい」「うしろ姿を見せて下さい」などと注文されると、絹子は素直に、いわれた通りにしている。

スキヤキは、はじめホテルの食事係が味をつけようとしたが、上手な箸《はし》の持ち方も心得ている人たちなので、自分たちで、肉を裏返しにしたり葱を鍋にはこんだりしはじめた。

絹子は、じつにうまく、座をとり持っていた。ビールを注いでまわり、コの字形になっている卓の、いろいろな空間に行ってはすわり、話し相手になっていた。

私は、上海《シャンハイ》で日本の音楽史を勉強しているという大学生と、ウイーンの大学で「大岡政談」を翻訳したという助教授のあいだにすわり、食べながら、あとからあとから提出されるさまざまな質問に答えていた。

ただ、はずかしいことだったが、私は左右にいるジャパノロジストと話しながらも、絹子が気になって、ならなかった。

絹子のほうをつい見てしまい、絹子が美しい笑顔を惜しまずに外国の学者と話し合っているのを見て、悩ましい気持になったりした。

気になったのは、私のそばに、一度も、絹子が来ないことであった。じつは、そのわけはわかっている。

絹子は、はじめは気がつかなかったようだが、やがて私が、妙子の姿でこの席に来たのを喜んでいないことが、きっとわかったにちがいない。

カンのわるくないこの女優は、私のそばに来て、皮肉をいわれたりするのが、いやだったのであろう。

そのうちに、私は絹子がある場所から動かなくなったのに気づいていた。フィレンツェから来た「源氏物語」を原文で読んでいるという大学生のそばに、絹子はずっとすわっていた。

その大学生は、田島君からもらったプリントを見ると、エンリコ・マルカーノというのだが、まぶしいような美青年であった。

白い歯を見せて快い笑い声をあげる金髪のエンリコの横顔を、絹子は食い入るように、うっとりと見ている。私には、そういう絹子の心持が、手にとるようにわかった。もうひとつ、このエンリコが、去年結婚して二か月目に奇妙な理由で別れた山形吉雄と似ているのを、私は発見した。結局、いまでも、絹子は山形の美貌《びぼう》には、未練があるのだ。そう思うと、私は、大人げもなく、嫉妬の心をおさえかねた。

3

そわそわしているうちに、スキヤキの会食は終った。

田島君が「国立劇場の文芸部の長谷川さんが来て、みなさんから観劇の御感想を伺いたいといっているんですが、竹野さん、座長になって下さいませんか」といった。ジャパノロジーという学問についてさえ最近知ったばかりの私なのだが、話題がきょう見た新派の「婦系図」なので、進行係を引き受けることにした。

私用のある七人ほどが退席し、残ったのは十一人であった。イタリー人のエンリコ・マルカーノも残った。

「先生、私、伺っていていいかしら」と、絹子がはじめて、私のそばに来て、小声でいった。

「いいとも、勉強になるから、傍聴しなさい」と私は絹子に耳もとでささやかれたので、気分をよくして承知した。

卓を正方形に並べ直し、卓に囲まれた中央に、マイクを立てた。発言は、全部録音されて、国立劇場の資料室に保管されている。（この文章を書くために私はテープを二度くり返して聴いた）

まず最初に、中国人の文世華という大学生が手をあげて質問した。音楽史を研究している青年だ。

「今の東京の町を歩いていて、三味線の音がきこえますか？」

「いいえ」私が答えた。「ほとんど、三味線がきこえるということはありません。邦楽を教えている先生の家の前を通れば、きこえることもあるでしょうが、一般の家庭では、もう三味線をひきませんね。ピアノなら、きこえることがありますが」

「明治時代と、すっかり変ってしまったのですね」

「そうですね、明治時代には方々できこえていたかも知れませんな」と私はいったが、

「なぜ、そんなことを、おっしゃるんです」と尋ねた。

「きょうの芝居を見ていると、湯島天神というんですか、梅の咲いている神社の境内で、あれは清元ですか、演奏していましたね。そのあと、妙子が髪結いさんの家を訪ねて来る、あの場面でも、長唄が聞えました。つまり明治という時代は、どこの町でも、日本の音楽が演奏されていたんだと思ったのです」

私は説明に窮した。

「婦系図」という芝居は、新派の脚本だが、演出は大体、歌舞伎に近い。セリフまわしも動きも、つまり様式的に表現するわけである。

湯島の場面には、清元の「三千歳《みちとせ》」がしじゅう聞えていて、その節に合せて、主税やお蔦が舞台の上を行ったり来たりする。原曲の情景と、この作品の男女の心境が、つかず離れずになっているのが、この台本の巧みな趣向で、歌舞伎の世話狂言の「よそごと浄瑠璃《じようるり》」の手法を使っているのだ。

また、めの惣の場面では、長唄の「勧進帳《かんじんちょう》」がうたわれる。これは、歌舞伎の下座《げざ》の伴奏の合方《あいかた》（三味線だけの旋律）の効果をねらったので、新派で再演をした時に小芳を演じた三代目坂東秀調という歌舞伎の女形が、もと長唄の人だったので、こんな演出ができたのだと言い伝えられている。

湯島の清元も、めの惣の長唄も、すぐ近所で、この曲を演奏しているのだという設定が一応あるのだが、結局は、演出効果として、特に挿入されている邦楽なのである。

しかし、一方で、明治四十年代に、東京の湯島や八丁堀で、清元や長唄が聞えていたことも、事実あったにちがいない。

こういう質問は、しじゅう同じ芝居を見ていながら、気のつかない一種の盲点で、外国人の指摘には、いつも虚をつかれる。

私は文世華氏に対しては、「この作品の書かれた時代には、東京のどの町でも、清元や長唄を演奏していたと考えていいでしょう」といっておいた。

次に発言したのは、ニューヨークの出版社の社長で、マイク・レーンという、大男である。その社で刊行している本の大半は、推理小説、おもにハードボイルドの小説だと聞いていたが、この社長自身二十数年前、進駐軍のGIとして東京にいて、日本がすっかり好きになり、「ニッポン叢書」というのを出していた。

そういう出版をしているアメリカ人なので、「婦系図」のロマンチックな部分よりも、もっと別なところに、関心があったのが、おもしろい。マイク・レーンは、早瀬主税が以前スリだったことについて、私に質問した。

「はじめに、酒井先生と会う場面がありますね。あそこに、スリが出て来て、紳士の財布をとる。そして、発見されて逃げる時に、主税にその財布をあずける。主税はさりげない顔で、財布をふところに入れ、スリは身体検査をされるが、何も出て来ない。紳士は逆に、恥をかきますね」

「ええ」

「あの時、スリは、主税が前にスリだったと知っているんですか」

「いえ、それは、知らないと思います」

「ではなぜ、主税を選んだのでしょう」

「さア」

「それとも、見つけられて困っているスリを救うために、主税がスリの財布を、自分からスリとってやったのですか」

「さア、どうでしょう」

「あの財布の移動が、どうもハッキリしないのが気になりました」とマイク・レーンは首をかしげた。

これも難問である。筋の上では、たしかに若いスリが、主税の袂《たもと》に、いま自分のスリとった財布を投げこむことになっているが、俳優は本物のスリのようにうまく指先が働かないから、何もせず、投げこんだことにだけしておいてもいいのである。

マイク・レーンは、さらに、スリの話を続けた。

「湯島で主税がぬいで、ベンチにかけておいた羽織を、前の場面のスリが通りかかって、持って行こうとしますね」

「ええ」

「あれはおかしい。日本のスリというものは、他人の持ち物を、ぶつかった瞬間に手に入れる芸を楽しんでいるので、置いているものを、黙って持って行ったりするような盗み方は、しないはずです」

「そういえば、そうですね」

「完成された作品として見た場合、この点が大変気になりました」

「もっともな御意見です」と私は苦笑しながら答えた。

「しかし」とマイク・レーンは続けた。「あの場面は、主税とあのスリを再会させるために、設定されているのかも知れません。スリは主税に恩を感じて、何とかして御礼をしたいと思っています」

「ほう」

「河野という家の者は、妙子が申しこんだ結婚を承知しないので、それを主税が妨害していると思いこんでいる。何とかして、主税を酒井先生の周囲から遠ざけたいと思っています」突然マイク・レーンは、ちがうことをいいだした。

「たしかに、そうです」

「あのスリは、仲間から、主税に対する河野一派の陰謀について情報を手に入れた。河野は暴力団に金をやって、殺人か強盗を誰かにさせ、その犯行の現場に、あらかじめ手に入れておいた主税のイニシャルのはいっているシガレットケースか何かを落しておく。いうまでもなく、主税を無実の罪に陥れるためです」

「ほう」と私は目をひらいて、アメリカ人の仮説に応対した。

「それを耳にしたスリは、恩を感じている主税を救うために、この日、主税の家まで行って、夫婦が外出するのを尾行し、主税の足どりを確認しました。そうして、湯島で、わざと羽織を盗むふりをして、主税に呼びとめられ、話をする。そして、主税とたしかに、この日この時間、湯島で会ったといつでも証明できるということを、相手に知らせて、別れるつもりでした」

「だが、そんなことを、一言も、あのスリは、セリフで言ったりしませんよ」と私は首を横に振った。

「そこが、日本人のハラゲイ（腹芸）ではないのですか。ハナミチに行って、スリは主税から金を貰う。あの時、スリが主税の目をじっと見て、うなずくでしょう」

「ええ」

「あれは、いつでもあなたのアリバイを立証しますという表情だと、私は解釈します」

「ほう」

「そう考えなければ、誇り高い日本のスリが、羽織をだまってひろって逃げ出すようなことをする理由が、どうも説明できません」

マイク・レーンの、この奇抜な説に対して、拍手がおこったのには当惑した。

ウイーンの大学で「大岡政談」を翻訳した助教授は、フランツ・ヘーゲマンという西洋人にしては小柄な男だったが、引き続いて、こんなことをいった。

「酒井先生というのは、きょう見ていても、座長の演じる役だと思います。いちばん年長のいい役者が、酒井先生をしていました」

「その通りです。あれは柳永二郎という新派の大先輩です」

「つまり、座長というのは、大岡越前守を演じる役者でしょう」

「そうです」

「大石内蔵助《くらのすけ》、加藤清正、大親分のナントカの長兵衛」

「幡随院《ばんずいいん》の長兵衛ですか」

「そうです。そういう役を演じる座長の役なら、もっと立派な考え方を持っていて、いいはずですね」

「はア」私はフランツ・ヘーゲマンの真意がはかりかねたので、首をかしげた。

「きょう見ていて、私は、酒井先生という人物に、すこしも同情できなかった。あの大学教授は、自分は愛人がいて、その女に子供を生ませた。その愛人の前で、主税に愛人の親しい友人であるお蔦と、別れろと命じる。こんな乱暴な話はありません」

「そうですね」これは、私も同感だった。いつ「婦系図」を見ても、そう思うのだ。

「あの愛人の小芳という女も、自分の娘を酒井先生の家にあずけ、しかも偶然お蔦のところに行っている時、妙子がたずねて来たのに会いながら、自分が母親だと告げずに別れる。大変、非人間的です」

「それは、明治という時代の女の持っている、自我を没した忍従というふうに解釈していただきたいと思います」

「ニンジュウ?」

「忍耐です。じっと我慢しているのです。封建時代から、日本の女は、いつも男のために、おさえつけられて、自己を主張できずに、そっと泣いていたのです」

「どう考えても、酒井先生が、主税とお蔦を別れさせようとした真意が、私はわかりません」と助教授は反復した。

「ただ主税が可愛かった、お蔦が一緒にいたのでは、早瀬主税は、立派な学者になれないと思った。あとで、臨終のお蔦に酒井先生は、こういっています」と私は、フランツ・ヘーゲマンの意見に同調しながらも、一応、「婦系図」の筋については、付け加えておかなければならなかった。

4

じつは、酒井先生が、非人間的に書かれているのには、れっきとした理由がある。「婦系図」を書いた泉鏡花は、師匠の尾崎紅葉にかくれて、神楽坂の芸者桃太郎（本名すず）と恋愛して、そっと世帯を持った。

紅葉に対する鏡花の態度は、想像のつかないほどへりくだった姿勢だったらしい。

「人泉鏡花」を書いた寺木定芳の叙述を見ると、後輩の寺木が平気で紅葉のいる部屋にはいって話をしているのに、鏡花は、次の間とその部屋との敷居の外に、きちんと正座していたという。

同じ寺木の回想によると、鏡花がすずという妻と住んでいる牛込《うしごめ》の家に、突然、紅葉が訪ねて来た時、鏡花は半狂乱のようにあわてて、妻を外に逃したともいう。

「婦系図」を書く時、鏡花は紅葉を酒井先生にし、自分とすずを、主税とお蔦に擬したのである。これは、紅葉が没してかなりのちに書かれた小説だが、鏡花には、ついに晴れてすずを「私の家内です」と紹介することのできなかったばかりか、別れろと命ぜられたりしたことが、一方で尊敬していながら、紅葉を許す気持になれない心境があったのだろう。

「婦系図」のそういう創作動機やモデルに関する知識を、しかし、この席で披露《ひろう》してみても、何の役にも立たないと思ったので、私は黙っていた。

それよりも、むしろ、ここにいる人たちに、酒井先生の真意を推理してもらったらおもしろいのだがと、考えていた。

すると、フィレンツェから来たという美しい青年、エンリコ・マルカーノが手をあげた。チラと私のそばにいる峯本絹子を見ると、上気したような顔で、そのほうを、注視している。

「私はここで、酒井先生が、なぜ、主税とお蔦をセパレートさせたかということについて、みなさんの考えをききたいと思います。みなさんの発言の最後に、私の解釈を話します」エンリコ・マルカーノは、こういった。まるで、私が考えていた通りの議事進行になった。

私はふと思いついて、事務局長の田島君のそばに行き、「だいぶ遅くなったから、そろそろ、あの女優を帰宅させてやって下さい」といった。

「すぐ車をたのみます」と、田島君は、立って、部屋を出て行った。

最初に、パリの古本屋のアラン・リーブルが手をあげて発言した。

「酒井先生は、小芳という愛人とのあいだに、外からはわからないトラブルがあって、悩んでいたんだと思います。しかし、小芳は、正妻ではない。しかし、主税の場合は、お蔦は正妻です。小芳の持っている欠点が、同じような境遇を過去に持つお蔦にもあると思った。そういうトラブルがのちに起きると、主税はだめになってしまう。そう思ったのではないでしょうか」

これは、「婦系図」の最後の場面をよく観察した、かなり正しい意見だった。

客席で泣いていたロンドンの老教授で、禅について研究しているウイリアム・バートンがいった。

「私はこう思います。酒井先生の娘に対する盲目的な愛が、あんな無理なことをいわせたんです。妙子は、自分の家に少年の時からいて、一緒に育った主税を愛していた。もちろん、それを父親にも、義理の母親にも、話してはいなかった。しかし、河野という家から、結婚の申し込みがあったので、父親に、私は河野に行くのはいやです、ほんとうは主税さんと結婚したかったんですといったのだと思います。酒井先生は、それを聞いて、お蔦と別れさせ、主税と妙子を結婚させようとしたんだと思います」

これは珍説だが、妙子が主税に普通以上の感情を持っていたのは、事実であろう。うなずいている者が、すくなくなかった。

前に発言したアメリカの出版社社長のマイク・レーンが、手をあげて自分の考えを述べた。

「私は、酒井先生が、小芳という愛人に、もう大分前から心がはなれていたという風に思うんです。彼は小芳と同じ柳橋《やなぎばし》で働いているお蔦を最近では、愛していました。しかし、そのお蔦が、突然商売をやめ、どこかに行ってしまったので、失望している。すると、やがてお蔦は自分の弟子の主税と秘密結婚をしたというのがわかり、大変怒ったわけです。こうなれば、自分の恋人にはできなくても、主税とだけは夫婦にしておきたくないと思って、ああいう命令を下したのです。あとで、お蔦が死にそうになった時、主税と思って私に甘えろと口走ったところで、酒井先生のお蔦に対する愛欲が、暴露しているではありませんか」

これこそ珍説だが、推理小説を年中読んでいるニューヨーカーに、論理正しく説明されると、なるほどそうかも知れないという気持になるから、ふしぎである。

私は部屋の出口のほうをチラチラ見ていたが、いつまで経っても、絹子の車が用意されたといって来ないので、気が気でなかった。

エンリコ・マルカーノが口を開こうとするのを、さえぎるように、私がいった。

「最後に酒井先生がいっています。一緒にいるのは不都合だが、内証で会うくらいは大目に見るつもりだったと。つまり、ほんとうに、二人が別れるというふうには思っていなかったのです。ただ、自分に黙って世帯を持ったというのが、腹が立ってならなかったので、一度いやみをいってやろうと思っていたんだと思います。

たまたま会って、これからお前の家に行こうといってみると、急にかけ出して、女中が寝ているといけませんのでなどと主税がいうので、柏家につれて行って、チクリチクリと厭味《いやみ》をいっているうちに、酒を飲んでもいたので、段々腹が立って来て、どうしても別れてしまえといったのです。騎虎《きこ》の勢《いきおい》というわけです」

中国人の文世華が大きくうなずいたのは「騎虎の勢」という形容に対してだったかも知れない。

私が話しているあいだに、ホテルのボーイが入って来て、絹子に耳打ちした。それを見て、私は発言を中止した。

「どうしたのだね」

「車が用意されたっていうんです。エンリコさんのお話を伺ってから行きたかったのに」と、絹子は美しい眉《まゆ》をひそめて、うらめしそうに、私を見た。

「いや、エンリコさんの発言は、あとで私から聞かせてあげる。せっかくの車だ。待たしては失礼だ。行きたまえ。どうも御苦労様」と私は口早に指示した。

「みなさん、それでは、失礼します」と、絹子は畳に手をついて、挨拶《あいさつ》した。居合せた人々が、微笑しながら、拍手した。

絹子が突然、エンリコ・マルカーノの前に進み出て、「記念に、これをさしあげます」というと、ひさし髪のかつらの上につけてあるリボンを、手ぎわよくとって、イタリーの青年に捧げた。

再び拍手がおこった。青年は絹子と握手し、「もう一度おあいしたいです」といったりしている。

絹子が出て行くと、そのエンリコ・マルカーノが話した。

「今までのみなさんの説の中で、私はウイリアム・バートンさんの意見と、マイク・レーンさんの意見の二つを合せたのが、真実だと思います。酒井先生はお蔦を愛していた。妙子が主税を愛しているから、結婚させたいとも思った。この二つが、酒井先生の残酷な命令を主税に与えた原因だと思います」

それぞれ、ちがう見方が出て、「婦系図」論は終った。楽しそうに、みんなは、自分の客室に帰って行った。


翌日、私の新聞社に、予想した通り、峯本絹子があらわれた。きのうの妙子の姿とは打って変って、南欧風の服をつけている。それもイタリー人のエンリコ・マルカーノを意識しているのかと思うと、私の胸はおだやかではなかった。

「どうしたの」と、私はわざと、素知らぬ顔で訊いた。

「きのうのエンリコさんの酒井先生についての説が伺いたくて」

「ずいぶん熱心なんだね」と、私はからかうような目つきで応じた。

「だって」と絹子は頬を紅潮させながら、「エンリコさんが何といったかが、どうしても知りたいんです。ほかの人たちにも、おもしろい解釈があったけど、あの人が、何といったかと思って」

「そんなに、気になるのか、あのイタリーの青年が」

「ええ」とうつむく。

「しかし、ほんとうに、美しい青年だね。びっくりしたよ。ヨーロッパには、ああいう彫刻のような顔をした若者が、ほんとうに、いるんだね」

「私、もうすっかり、あの人に」と絹子は率直にいった。「あの人となら、結婚してもいいと思っちゃった」

「そんなに好きなの？」

「ええ」

「結婚は無理だろうな」と私はしずかにいった。

「無理じゃないかと思うよ。あのエンリコ・マルカーノは、最後に、こんなことをいったのだ。酒井先生が、主税とお蔦の仲を割いた理由は、ただひとつしかないって」

「何だといったんですか」

「酒井先生が、じつは早瀬主税を愛していたにちがいないって」

絹子の顔が見る見る青ざめ、悪い夢におびえたような表情になったのを、ひややかに私は見ていた。私の罪は深い。

「………」絹子は悲しそうに、目をとじた。

「多分、結婚してくれないだろうよ、あの青年は。あきらめるんだね」

私は、酒井先生のような口を利いていた。

絢爛の椅子

深沢七郎

深沢七郎《ふかさわしちろう》

一九一四―一九八七

山梨県生まれ。小説家。県立日川中学卒業。一九五五年、日劇ミュージック・ホールに桃原青二の名で出演。五六年『楢山節考』で中央公論新人賞を受賞、特異な作風で評判をよぶ。六〇年『風流夢譚』の発表後右翼の襲撃を受け、世間から身を隠し、流浪の生活に入る。六五年には埼玉県に移住、ラブミー農場と名づけて農業を始めるなど、多くの話題を提供した。八一年『みちのくの人形たち』で谷崎潤一郎賞を受賞。

敬夫は昨日と同じように門を通ると横へ廻った。昨日と同じように小使室の方へ行って、そこの金色の把手《ノブ》をねじった。ぬらぬらと油っぽいノブはやっぱりギーッと嫌な音がして鍵が開いた。そっと開けて中へ入って小使室を通りぬけた。顔だけ廊下へ出して、（昨日の、あの刑事さんは、どの部屋にいるだろうか？）と覗いた。廊下の両側には同じような赤茶けたドアがいくつもあるので、どの部屋だか見当がつかなかった。あの刑事さんは昨日、この小使室で始めて逢ったヒトだが、頼んでみたら気をきかせてくれて、面倒な手続きもなくてすんでしまったのだった。今日も、うまく逢えれば持って来た差入れの品も簡単にすんでしまうと思った。そんなことより、うまく頼めば父の様子が判るかも知れないと思うからだ。父は自白してしまったのか、それとも、がんばり続けているのか、あの刑事さんなら父に逢わせてくれるような気もするのである。父親に逢うことができたら、どこまでも否認するように力づけようと

思った。この前、父は刑務所から出て来た時、

「自白さえしなければ無罪だったのだ、証拠の品を突きつけられたから仕方がなかったが、あとで考えれば、盗んだことが、はっきり判っていなかったのだから、自白しなければよかったのだ」

そんなグチをこぼしたことを敬夫はよく覚えていた。こんども、この前と同じ失敗でバレてしまったのである。こんども僅かな屑物の窃盗だが仮出獄中だから重犯になれば四、五年も帰れないことになってしまうのである。父親は意志が弱い上に、考え方も下手なのだ。だからこの前の失敗なども忘れて、こんどもすぐ自白してしまうかもしれないのである。こんどこそ、がんばりつづけさせたかった。

敬夫は小使室の壁に寄りかかって誰か来るのを待っていた。誰か来たら、あの刑事さんはどこにいるのか聞いてみようと待っていた。

廊下の向うの方で靴音がしてきた。耳をすませているとコツコツと歩いて来る音はこっちへ来る様子である。敬夫はそっとコンロのそばに腰をおろして下をむいていた。ひょっとしたら、あの刑事が来るのではないかと予感がしてきた。

靴の音はそこまで来たが向うへ行ってしまった。今日持って来た差入れは、昨日父に頼まれた下着の着替えとタバコだった。それも、あの刑事さんが父と連絡をとって

くれたからだった。差入れに来るのはこれで何回もだった。ぼーっと覚えている遠い日には母親に連れられて来たりした。一人で、始めて来たのは中学の一年の時だった。そのたびに父の前科は重なって、こんど刑務所へ行ってしまえば刑も長びくし、その間の弟や妹たちは敬夫の給料だけですごさなければならないのである。（ヤバイなッ）と、そのことを考えると憂鬱になった。父が刑務所へ行った留守は聾啞の母親が道路工事に出て稼いでいたのだが、この頃は身体の調子が悪くなったので人夫などはもうできないらしいのだ。

廊下の方でまた靴音が聞えた。この小使室へ来るらしい気がしてきた。（あの刑事さんかも知れない）と、そんな予感がしてきた。コッコッと足音が近づいて、ハッと思うと入って来た。敬夫は下をむいて顔をみないでいた。（あの刑事さんなら、声をかけてくれる）と思っていた。眼の前を細い小さい足が通りすぎたので（違ったッ）とがっかりした。あの刑事さんなら体格のいい、ふとったヒトだから全然ちがう人だった。知らない人だから下をむいたまま黙っていた。細い、小さい足は前を通りすぎて、すぐひき返してまた前を通りすぎて出て行った。顔をあげて入口の方を見ると、後姿だけだが背の低い、眼鏡をかけた、やせた人だった。敬夫は、ハッとした。（まずいヒトが）と思った。一ト月ばかり前、敬夫が本屋で本を持ち出そうとした時だった。あのヒトが本屋の主人と話をしていたのだった。その時、あのヒトの目つきが、なんとなく鋭く光っていたので盗めなかったのだった。ドストエフスキーの全集の中の一冊で、読みたくてたまらなかったのだが、その時はあきらめて帰ってしまったのだった。あとでパクってしまったが（あの時のヒトは警察のヒトだったのか）と、今はじめて知ったのだった。外でギーッと把手《ノブ》の嫌な音がしてソバ屋が入って来た。敬夫は下をむいて黙っていた。ソバ屋は廊下の方へ顔をだして、

「お待ちどうさまー」

と大きい声で言ってすぐ出て行った。敬夫が腰をかけている向い側の畳の上にモリ蕎麦が一人分置いてあった。敬夫は（あの、昨日の肥《ふと》った刑事さんが注文したソバかも知れない）と予感がしてきた。

コツコツと廊下の方で足音がしたかと思うと、すぐ入口から入って来た。ひょっと、入口を眺めてハッとした。さっきの、あの痩せた、眼鏡をかけたヒトがまた来たのだった。サッと下をむいて敬夫は黙っていた。目の前へ細い小さい足が止って腰をかけてしまったのである。（イヤだな）と思ったが仕方がないのだ。それから、こっちをむいてソバを食べはじめたのである。敬夫が下をむいて動かないでいた。敬夫が盗む物は万年筆とか本のような物ばかりだった。どれも自分の使う品物で、買いたいけれ

ど金がなくて買えない物を盗むのだが、バレたことは今まで一回しかなかった。少年なのですぐ釈放されたが、父の盗む物はいつも古鉄の屑物ばかりだった。屑物を買い集めながら盗むからだ。そうしていつもバレてしまうのである。その時、急に、

「何をしているのだ」

と言われた。敬夫はまたハッとした。前に腰かけている小さい足のヒトが怒るように言ったのである。嫌な言い方で、(何をしているのだ)と言ったのだが(うるさいぞ、ここにいることはいけないぞ)と言っているように聞えた。敬夫は黙って下をむいていた。そうすると、また、

「なにをしやぁがって来たんだ」

と怒鳴りつけられてしまった。癪にさわったけど、仕方がないので父の差入れに来たことを言おうとした。そう思っているうちに、また、

「用がなければ帰れ帰れ」

と言われてしまった。あわてて敬夫は差入れに来たことを言おうとしたが言えなくなってしまった。

「あの、肥った、刑事さんは」

と言ってしまった。

「そんなヒトは知らねえぞ」

と小さい足のヒトは言った。が、

「なにか、用があるのか？」

と言った。

「差入れに、来たのですが」

と敬夫は言った。が、小さい足のヒトは、

「そんなことは知らねえぞ」

と言った。（意地の悪い言い方をするヒトだ）と敬夫は口惜しかったが我慢をしていた。下をむいて黙っていると、小さい足のヒトはソバを食べ終って出て行った。（あのヒトにくらべると）と思うと、あの肥った刑事さんはつくづく有難いように思えてきた。少したつと、また廊下で靴音がした。こっちへ近づいて、入って来た。目の前を通ったのは太い足の靴だった。顔をあげると、あの刑事さんである。（やっぱり逢えたのだ）とほっとした。

「あの、下着の、差入れを持って来たのですが」

と声をかけた。肥った刑事さんは立ち止った。一寸、考えてるようである。（あれ？　ボクを忘れてしまったのか？）と不安になった。

「あの、昨日お願いした、小松川の……」

と言うと、思いだしてくれたらしい、

「ああ、ああそこへおいてゆけ」

と言ってくれた。簡単にすんでしまったので物足りなかった。父の様子を聞きだそうとしたのに、このますんでしまったのでは困るのである。それに、昨日のように差入れに来た者の住所も書くはずだし、印章もおすはずなのだがそんなことも言ってくれないのである。このまま家へ帰ってしまっては父の様子がわからないので、

「あの、父は、どうなったでしょうか？」

と聞いてみた。肥った刑事さんは、また考えているらしいのである。返事をしてくれないので、

「あの、父は、屑鉄を盗んだのですか？」

と聞いてみた。

「あああ、あの、小松川の屑屋のことか」

と、はじめて思いだしたらしい。敬夫は（なーんだ）と思った。いまごろやっと思い出してくれたのかと判ったのでがっかりした。

「うんうん、心配することはないから安心していい」

と教えてくれた。(やっぱり、父は、うまくがんばり通したのだ)と察した。肥った刑事さんはやっぱり親切だった。すぐ、

「一寸、待ってろよ」

そう言うとすぐ出て行った。少したつとまた入って来た。

「住所と、差入れの品物を書いて、そこへおいてゆけよ」

と言ってくれた。

「書いて来ました」

と敬夫は急いで、書いてきた紙と品物を出した。肥った刑事さんは受取ってくれてすぐ廊下の方へ行ってしまった。敬夫は急いで小使室を出た。

(こんどこそ父はうまくやったんだ)

そう思うと嬉しくなってきた。門を出ようとすると、うしろから自動車が出て来た。ふりかえると、中に乗っているのはあの細い、小さい足の、やせた眼鏡をかけた人なのだ。(嫌な奴だ)と思った。怖いような人なのだ。敬夫は自動車の通りすぎるのをじーっと睨んだ。父が自白しないことは警察の奴等と喧嘩をして勝ったように思えた。

家へ帰ると母親は入口に足を延ばして寝転ろんでいた。この頃はいつでも寝転ろんでいるのだ。薄眼をあけてこっちを眺めている母親に敬夫は親指をつきたてて見せた。

それから両手を目の前まであげて、パッパッと速くゆすって（おやじはうまくいった）と教えてやった。トラホームで赤くまぶたが腫れあがっている母親の眼は、流眄《ながしめ》でこっちを見ながら、うえ下に首をうごかせて横をむいた。口はきけないが（よかったよかった）とわかったからうなずいたのだ。

三度目に差入れに行ったのは、父が靴下とタバコを差入れてくれと近くの交番に連絡があったからだった。夕方、六時までに行かなければ警察の門が閉ってしまうから工場を四時にきりあげて警察へ急いだ。

前に来た時と同じように門を通ると横へまわった。あれから一週間もたつので、もう父は釈放されるような気がした。（こんどこそ、父は自白しなかったのだ）と敬夫はぬらぬらする油ッぽい小使室のノブをガチャンとねじった。今日も小使室には誰もいないのだ。敬夫は廊下の方へ顔を出してみたが、すぐコンロの所へ戻って腰をかけた。（また、あの、肥った刑事さんが入って来ればいい）と思いながら待っていた。

いくら待っていてもあの肥った刑事さんは小使室に入って来なかった。（誰かに聞いてみよう）と思ったが、今日はそんなヒトも入って来ないのである。差入れの時間は六時で閉ってしまうのだ。敬夫は思いきって廊下へ出た。そうして、あの肥った刑事さんを見つけようと思った。土色の廊下は歩けばコツコツと堅い音がするのだ。廊下ではなく古いコンクリートなのだ。いくつも並んでいる赤茶けたドアのどの部屋かにあの肥った刑事さんがいるらしいのだ。ふと、敬夫は聞き慣れた声がするのに気がついた。(あれ!)と思って立止った。すぐ横のドアの方から聞えて来るらしいのだ。あの肥った刑事さんの声でもないらしいが、とにかく知っている声の主である。そっとドアと壁の隙間に耳を押しつけた。コンクリートの壁のヒビの黒い筋は雨洩りがしみついて湿っぽい壁だ。中から聞こえて来るかすかな声だが敬夫はハッとした。あわてて鍵穴から覗くと、すぐそこに父がいたのである。古い板の机の前で父は涙を流しているのだ。

「申しわけないことをしました。嘘ばかり申し上げていました。正直に、みんな申し上げます」

父は泣きながらシャベっているのだ。父の前にはあの細い小さい足の、痩せた眼鏡をかけたあのヒトが目を輝かせて聞いているのである。(父は自白してしまったのだ)と敬夫はぐーっと歯をかみしめて小使室へ逃げてきた。父は自白してしまったがやっぱりがんばることはできなかったのだ。敬夫は自分が図書館で本を盗んでバレた時を思いだした。あの時は現場を見つかったのだからどうすることもできなかったが、父は、自白して自分から証拠までシャベってしまうのである。いつもそんな馬鹿な結果で終ってしまうのだ。こんども、きっと、そんなことになってしまったのだ。敬夫は差入れの品と住所を書いた紙をコンロの横において小使室を出てしまった。

　家へ帰ると母親はやっぱり入口に足を延ばして寝転ろがっていた。敬夫は親指をつき立てて見せて、それから劇しく手を横に振った。（父は駄目だった）と教えてやって敬夫もごろっと寝転ろがった。父が泣きながら謝っていた声が耳許にこびりついて離れないのだ。寝転ろぶと、なおさら耳許に強く響いて来るのだ。父が自白してしまったのはどう考えても口惜しかった。それから、図書館で自分が盗んだ時のことも思いだして口惜しくなってきた。そう考えているうちに敬夫は頭がカーッとなった。（そうだ）と思った。（絶対にバレないことをしてやるんだ）と思った。証拠さえなければ調べられても堂々と相手をやッつけることができるのだ。（そうだ、やればいいのだ）と思った。（よし、きっとやるぞ）と決心した。父は警察の、あの古い机の前で涙を流して謝ったが、僕はあの机の前で堂々と刑事に応酬してやるのだ。あそこの机の前で、椅子にそり返って腰をかけて、

「証拠があるなら、ここへ出して貰いたいよ」

　と言い切ってやるのだ。（よし、やるぞ）と拳に力をいれた。証拠さえ残さなければあの古い板の机の前にふんぞり返って、あの古い板の椅子に腰をかけて堂々と言い

切れるのだ、そうしたら俺はどんな豪華な椅子に腰かけているより痛快だと思った。

その日、敬夫は工場から家へ帰る途中、前へ行く自転車に目をつけた。女が乗っているのだ。薄闇だし、誰も通らない畑の道なのだ。ちょっと、二分間から三分間でやってしまえるのだ、誰にも見られはしないうちに終ってしまうことは確実なのだ。敬夫は腰を持ち上げて足に力を入れてペダルをふんだ。前へ行く自転車は十米ぐらい先だった。ぐーっと追いぬいて自転車を横に倒した。女の自転車が目の前で止った。女が片足を地について立止った。敬夫は黙って近づいた。黙ってすーっとうしろにまわって右腕を女の首へまわした。（ああ）と女が言ったような気がしたがぐっと力を入れて締めつけた。女が敬夫の唇やアゴに髪の毛をこすりつけるように倒れてきた。また、右腕にぐーっと力を入れて締めつけながらうしろへひきずった。横の稲畑へひきずり込んで敬夫は腰をおろした。もう女は声も出さないしうごきもしなかった。死んだらしいが生き返っては困るのでまたぐーっと力を入れて締めつけた。女の喉がきゅーっと鳴って口から泡が流れだして敬夫の手がしびれてきた。（よし、カンゼンに死んだ）と敬夫は大きく息をはいた。オートバイの音が聞えてこっちへ近づいて来るらしい。（まずいな）と思ったのでじっと動かないでいた。すぐオートバイは通って行ってしまった。敬夫は立上って道へ出た。女の自転車を稲の中へ投げこんだ。もう一度女のそばへ行った。ポケットからチリ紙を出してもんだ。女のスカートを捲《まく》って股の間へ突っ込んだ。（変態だと思うだろう）とニヤッと笑った。道へ出て自分の自転車を起した。自転車を持って駆けだしてパッと飛び乗った。（何もかも計画通りに終った）と思った。（まるでわからないね）と思った。強盗でもないし、強姦でもないし、いたずらも見せかけだし、怨恨でもないし、（ゼッタイ、完全犯罪だ）と思った。敬夫は口笛を吹きながらゆっくりペダルをふんだ。

三カ月たった。警察や新聞が騒いだが犯人はわからなかった。（迷宮入りか）と敬夫はなんだか物足りなかった。女を殺したが、それで何のとくもなかったし、腹いせにもならなかった。誰がやったか判らないことなんかつまらない淋しいような気がした。俺がやったんだが俺を犯人にすることはできないなら腹いせにもなるが、誰がやったのか判らなければ遠い空の星を眺めているのと同じである。これでは外の奴と変りがないのだ。（完全犯罪なんてつまらない）と思った。このままではつまらないので警察へ（犯人は確かにいるはずだ、俺だよ）と手紙でも出してやろうかと思った。それとも（俺は犯人を知っているよ）と知らせてみようかとも思った。だが、殺した当時ならみんなが騒いでいたのでそんなこともできたが、いまになってはチャンスがなくなったようにも思えるのだ。そうして犯人である僕は事件とは無関係になってしまったのである。

（もう一度事件がなければだめだ）

と思った。そうして僕は、容疑者になっても、あの古い板の椅子に腰かけて、「僕は無罪だよ」と刑事さんの前で言い切って見せられる計画を立てようと思った。

その日、敬夫は学校へ行った。日曜なので遊びに来ている者ばかりだった。夕方の校庭は薄暗くなりはじめていた。校庭の隅にN子が一人だけでいた。名前は知らないが顔は知っている同じ夜間部の女生徒だ。（チャンスだ）と敬夫は緊張した。（誰も俺がここに来たことは知らないし、相手は一人でいるのだ、今ならゼッタイうまくいくぞ）と確信した。（殺人でなければ完全犯罪は成立しない）ときめた。（父親のように鉄屑を盗んだぐらいでは完全犯罪ではない）と思いながらN子の方へ急いだ。N子のうしろへ近づいて、

「よう」

と声をかけた。

「あら」

とN子が振りむいた。

「屋上へ行ってみないかい？」

と言って手招きをした。それから笑い顔をして見せて言った。

「屋上から眺めれば、星も、きれいだよ」

N子は腰をあげた。うしろからN子が上って来る足音に耳をすませながら敬夫はガタガタと階段を上った。

屋上で眺めると工場の黒い煙突は林のように並んでいて、下の町はネオンで輝いていた。星はすんで光っていた。敬夫はポケットの飛び出しナイフを握っていた。すーっとN子の目の前へ出すとパッと刃が飛び出した。N子の顔色が真っ青になった。

「騒がない方がいいよ」

そう言ったがN子は声など出せない程ふるえているのだ。声さえ出さなければしめたものだ。ナイフを突きつけながらN子のうしろにまわって右腕を首にまわした。腰をおとしながらぐーっと力を入れるとN子はもがいた。後ろへ押されて敬夫はのけぞってどしんと倒れた。ナイフを持ってる右手をN子が力まかせにかじった。あわてて敬夫は左腕も首にまわした。ぐーっと締めつけるとN子はのばしている足をバタバタさせるのだ。両腕で力まかせに締めつけるとN子は延びたようにダラッとなった。気がついたら右手のナイフが敬夫の左腕に刺さっているのだ。血が出てきた。（まずかったな）と思った。自分で自分を傷つけるとは思わなかったからだ。N子はまだ生き返るかもしれないのだ。もう一度念を入れて締めておかなければ安心できないがぐずぐずしていると誰かに見られる危険もあるのだ。N子の身体をひきずってうしろへさがった。十米ばかり運べば暖房のスチーム管の穴があるのだ。N子の身体は長く延びてしまったようだし重くなってしまった。力まかせにひきずって穴の中へひきずり込んだ。そこでもう一度締めつけた。N子の喉がきゅーっと鳴って口から泡が吹き出した。そこでもう一度力まかせに締めつけた。敬夫の手がしびれて、どこかで靴の足音が聞えてきた。誰か、二、三人らしい話し声も近づいて来る様子なのだ。(まずいな)と思っているとやっぱりこっちへ近づいて来た。それから頭の上のスチーム管の上へあがってしまったのである。腰をおろしたらしい。男生徒が二人だ。話し声まで聞えるのである。話している様子では俺のことには気がつかないらしい。(奴等が行ってしまうまで待つことにしよう)ときめた。左腕から血が出ているのでポケットからハンカチを出して血をふいた。自分で傷をつけるとは思っていなかったが仕方がないと思った。これは計画にはなかったことなのだ。だが、俺の血が残るだけだ。血が残ってもB型の血ということだけしか判らないのだ。予定がくずれたのはこれだけでほかは皆うまくいったのである。仰向けになっているN子の顔は歯を食いしばったような顔なので見ているのが嫌になった。ハンカチを顔にかぶせて見ないようにした。

前の時と同じように変態の仕事だと見せかけるために下腹部をまくって股にチリ紙を押し込んだ。頭の上のスチーム管に腰をかけている奴等はまだのんびりと話をしているのである。話の様子では別に用事もないらしい。すぐ行ってしまうと思った。待ってるのは嫌なものだが、ここで落ちつかなければ危険だからじーっと待っていた。三十分位たった。上の奴等はスチーム管から降りはじめた。(うまいぞ)と思ったら歩きだして足音も話し声も遠くなった。(もう少し待って)と、二、三分たった。奴等は校庭の方へおりて行ったらしい。敬夫はそっと穴から出た。穴から出ながらN子のクシが落ちているのを見つけた。(殺人現場の証拠品だ)と拾い上げた。(俺が証拠を持ってるぞ)と思った。もう、まっ暗になっている空は星が一面に輝いていた。残したものはB型の俺の血とハンカチだけで、どれも俺の物だという証拠にはならない自信があった。空を見上げた。(星が知ってるだけだ)と思うと星の輝きも死んだような美しさでしかないように見えた。それから、誰にも見られないで家まで帰って来た。

明日になった。腕の傷は僅かだった。ナイフでかすめた程度だったのである。夕刊が待ちどおしかった。夕方になった。夕刊には何も出ていないのである。(明日の朝刊だな?)と待ちどおしかった。朝になった。朝刊にはN子の行方不明の記事が小さく出ているだけだ。(死骸が、あそこにあるのがわからないのだ)と思った。こんどはチャンスを逃がさないようにしなければならないのだ。（警察へ教えてやろうか？）と思ったが（ヤバイヤバイ）と思った。（新聞社に電話でもかけて知らせたら）と気がついた。（どの新聞社に知らせようか）と考えた。工場でとっているのは読売新聞だ。夕刊に出るのか朝刊に出るのか判らないから工場でとっている新聞の方が都合がよかった。赤電話よりボックスになっている公衆電話の方がいいと思ったので自転車で遠くの公衆電話へかけに行った。ボックスの中へ入った。指紋が残ると危険なのでチリ紙をかぶせて受話器を取りあげた。新聞社へすぐつながって、

「読売新聞社です」

と交換の女の声が出た。

「ボク、事件の重大ニュースを知らせてあげようと思ってるんだよ」

「もしもし、それでは社会部へおつなぎ致しますけど、あなたさまのお名前は？」

「名前など言えないよ」

「お名前をおっしゃっていただかないとおつなぎすることはできないのですが」

「バカだね、そんなことを言ったって、アナタの新聞社の特ダネになる記事だよ」

「でも、お名前をお伺いするという規定になっておりますから」

「どうしても、名前を言わなければつながないのかい？」

「そういう規定でございますから」

「しかたがないね、それじゃ教えようか、ウソの名前でもいいんだろう」

「うそのお名前ではおつなぎできません」

「だって、キミ、うその名前だか、ほんとの名前だか判らないだろう？」

「そこまでは私の方では、おきめすることはできませんけど」

「それじゃ名前を言うよ」

「どうぞ」

「加藤って言うんだ」

「では社会部へおつなぎします」

（なーんだ、デタラメの名でも言いさえすればよかったのだ）とよく判った。すぐ社会部が出た。

「あなた社会部のヒトですか、特ダネを教えてあげるよ」

「えッ、なんですか、あなたは」

「僕はね、殺人事件をよく知ってるんだよ。行方不明の小松川の女生徒は、僕がやっちゃったんだよ、学校の屋上のスチーム管の穴の中に死んでるよ」

「冗談言っちゃ困りますよ、こっちは忙しいんだから、からかっては」

「嘘じゃないよ、嘘だと思ったら調べて見ればわかるじゃないか」

「あなたは誰ですか?」

「僕ね、犯人なんだよ、だからよく知ってるんだ」

「冗談みたいですよ、困りますよ」

「嘘じゃないよ、本当だよ、そんなこと調べればわかるじゃないか」

そこで敬夫はガチャンと電話をきった。嘘だと思ってるらしいから調べるかどうか判らないようにも思えた。が、とにかく、こんどは迷宮入りになっても張りあいがあった。

夕刊には敬夫が電話をかけたことが出ていたがN子の死骸が発見されたことは出ていなかった。(嘘だと思われたんだな)とすぐ気がついた。癪にさわったから思い切って警察へ電話をかけることにした。電話なら絶対にわからないと、自信がついたからだ。

「もしもし、小松川の警察ですか、ボク、行方不明の女高生の死骸のある場所を教えてやるよ、学校の屋上のスチーム管の穴の中にあるよ」

そう言っただけですぐ電話を切った。相手が警察だから危険なのでこっちの言うことだけ言ってしまえばいいのだ。だが、電話を切ろうとした時、向うでシャベったことが聞こえて一寸癪にさわった。

「デタラメを言うと承知しないぞ」

と警察では言ったのである。そんなことにはかまわないで電話を切ってしまったが聞えたので腹が立ってきた。デタラメだか本当のことだか調べればわかることだが言われっぱなしだと口惜しくなった。それに言い方も憎らしかった。こっちは危険だが教えてやったのである。こっちは丁寧な言い方で言ったのにあんな憎らしい言い方をするので、ぐーっと頭に来てしまった。

夕刊にはN子の死骸が発見されたことが大きく出ていた。敬夫のかけた電話のことも大きくのっていた。

(ざまァみろ)

と敬夫は思った。(本当だとよく判ったろう)と思った。そうして、また、あの電話を切る時に向うの奴が言ったことが癪にさわってきた。(よし、それでは)と思った。俺はもう少しくわしく知っていることを教えてやろうと思った。そうすれば、きっと、犯人からの電話だとはっきり判るだろうと思った。あの時、スチーム管の穴から出て来る時N子のクシを持って来たことだ。この前の時は何も相手の物を持って来なかったが後で考えれば殺した証拠を持って来ないことになったのだ。こんどは何か証拠の品をと思って持って来たクシだった。

指紋の残らないように敬夫は軍手をはめてクシを封筒に入れた。小学三年生の妹にN子の家の宛名を書かせた。切手も貼ってポストの中へ投げ込んだ。ただこのままではクシを送った意味が判らないので、警察か新聞社かどちらかに知らせようと思った。警察へ何回も電話をするのは危険なので新聞社の方に知らせることにした。それに、始めの電話が嘘ではなかったことにもなるのである。電話帳を調べると社会部直通の電話があったのでその方へかけた。

「もしもし、読売新聞社の社会部ですか、ボクはね、こないだの女高生の死骸を知らせたんだがね、あんたのとこじゃ嘘だと思って探さなかったでしょう」

「ああ、もしもし」

「それでね、今日、N子さんの家へクシを郵便で送ったから、知らせておくよ」

そこで敬夫は電話をきった。

翌日の夕刊にはクシを送ったことが大きくのっていた。そうして敬夫の存在は大きくなったのである。それでも敬夫の完全犯罪の自信には変更はなかった。

だが、翌日の新聞には敬夫以外の奴が「犯人だ」と名乗って電話をかけた奴があったのである。その偽犯人は自首しようと言っているらしい。（自首なんてするものか）と思った。俺は、そんなつもりで完全犯罪をやったのではないのだ。癪にさわったのでもう一度電話をかけることにした。

「もしもし、社会部ですか、こないだの女高生殺しの特ダネを教えてやった者だがね」

「あッ、あなたは、こないだのこと本当だったんですね、驚きましたよ」

「そう、ボクはね、始めと、二番目と、この電話と三回しかかけないんだよ、今日の新聞に出ている〝犯人だ〟と電話をかけた奴はボクじゃないんだよ」

「あッ、そうですか、あなたが本当の犯人ですね、うちの社にばかり知らせてくれて光栄ですよ、もっとくわしく知らせて下さいよ」

「ダメだね、危険だから、ただね、これだけは教えてあげたいんだ、今朝の新聞に出ている犯人だというのはインチキなんだよ、ボクは自首なんてしないよ、それだけを知らせようと思ってね」

　そこで敬夫はガチャンと電話を切ろうと思ったが、

「ちょっと待って下さいよ」

　と言われた。

「ダメだよ」

と言ってやった。

「わたしは社会部の者じゃないですから、係りの者と代りますから」

と言うのである。嘘らしいので、

「だましたってダメだよ、聞き方でわかるよ」

と言ってやった。向うの電話口は別の声になった。

「あれからイタズラの電話がかかって困ってるんですよ」

と言うのである。

「ボクはホントだよ、完全犯罪だから絶対つかまらないよ、俺は二回目だからね」

と言ってやった。つづけて、

「まだイタズラだと思ってるの、クシまで送ってやったんだからホントだよ」

と言って、

「もう電話切るよ、危険だから」

と言った。

「ちょっと待って下さいよ、信じられないですよ、あなたは真犯人じゃないだろう」

と言われた。

「ホントだよ、みんな教えてやった通りじゃないか」

と言ってやった。

「ちょっと待って下さいよ」

と、また言われた。

「ダメだよ、会社におくれるから」

と言った。言ってしまってから（まずいことを言っちゃった）と気がついた。このまま電話を切ってしまっては危険なのでこのあと、何かデタラメを言ってボカしてしまわなければならないと思った。向うで、

「あんたは探偵小説的な興味で電話をかけてくるのかい」

と、急に変な言い方で聞かれた。

「そうじゃないけど、大体、前からよく考えてやったんだよ。だから自信があるんだよ」

「筋書を考えてやったわけかい？　推理小説はどんなのを読んでるのかい」

と聞かれた。

「そういうものはあまり読んでないね、おれはもっぱら文学さ」

「文学といってもいろいろあるんだが」

「世界文学だよ」

「ああそう、世界文学ならポーの小説のものなんか」

「あのね、プーシキンだとかね、ゲーテのファウストとか、ドストエフスキーなんかが好きだよ」

と言って、それから、

「もう電話きるよ」

と言った。公衆電話を使う人がボックスの外で待っているのだ。それに、あんまりシャベると危険だ。

「ちょっと待って下さいよ」

と、また言われた。

「ダメだよ、外でみんな待ってるんだ、悪いから」

「ちょっと待って下さいよ」

と言うけど、

「悪いから、ボク切るよ」

そう言ってガチャンと切った。ボックスの外へ出ると女の小学生が三人待っていた。もう五、六分で工場が遅刻になってしまうのだ。急いで自転車に飛び乗って工場へとばした。（新聞社のヒトはひどいな）と、一寸、淋しくなった。特ダネを教えてやろうとしたのに、逆に俺を捕まえようとして質問しているらしいのである。(もう、電話などかけないことにしよう)ときめた。また、なんとなく淋しくなった。シャべったことから足がつくかも知れないような予感がしてきたからだ。(あの電話、長すぎたな)と後悔した。

あの電話がテープに録音されていたことをその日の夕刊で知った。その上電話をかけている最中に電話局で公衆電話の場所もキャッチされたので待っていた三人の女の小学生に顔を見られたことも夕刊に出ていた。

テープの録音はラジオで何回もくりかえして放送されたし、近いうちにはこの近所の家へは録音を持ち廻って聞かせることも知った。

(ダメだ)

と敬夫はラジオの放送をきいた時すぐにそうきめた。特ダネを知らせようとしたが結果は裏切られて恩を仇で返されてしまったのだ。新聞社では俺の電話も特ダネだが犯人がつかまえられれば大ニュースになるのだから、裏切られても仕方がないのだとも思った。

(逮捕されるのだ)

と覚悟をきめた。

と覚悟をきめた。それから(仕方がない)と思った。完全犯罪か失敗かのどっちかにきまることだったのである。だが、俺は確かに完全犯罪をやったのだと思った。敗れたのは警察が俺を敗ったのではないのだ。俺は自分で捕まえさせたようなものだ。そう思うと腹いせにもなった。そうして、その日は間もなくやって来るだろうと覚悟をきめた。

テープの録音は工場の人達も聞いた。僕の声や言い方は誰でもすぐ気がついたのである。

「おめえがやったんだろう」

と工場で主任が俺を睨んで言った。

「ふっふっふ」

と敬夫は笑っていた。警察へ知らせるか、知らせないかの二ッのうちのどちらかなのだ。そのどっちも敬夫の自由にならないのだから「ふっふっふ」と笑っているよりほかに仕方がないのである。ずっと前、敬夫の人生は二つの道のどっちかを選んだのだった。始めて図書館で本を盗んでバレた時だった。クラスの友達にも知れてしまってそれから敬夫の顔を見るみんなの目が違ってしまったのだ。あの目で見られるようになってから敬夫の人生は二つのどちらかの道を選ばなければならなかったのだった。そうして、その時から敬夫は自分の道を決定したのだった。その選んだ道というのは世間から「悪だ」ときめられることを自分が認める道なのだった。そうして、その道は失敗すれば牢獄へ行くのだ。今、敬夫は自分の選んだ道の最悪の終点に着かなければならないのだ。

敬夫はそう覚悟をきめた。だが、逃げる道は一つだけあるのだ。声の録音が物的証拠ではないとがんばることだった。

逮捕の日が来た。家へ、刑事が四、五人やって来たのだ。家の外は警官と新聞社の報道陣がとり囲んでいた。ざわめいている外の様子を耳にしながら敬夫は刑事に言った。

「ええ、行きますよ、何かの間違いじゃないですか」

そう言いながら立ち上った。声の録音が物的証拠にはならないとがんばるには否認しておかなければならないからだ。逮捕されるなら家で逮捕されたかった。聾唖の母親の目の前で連行されて行きたかった。母に説明することはどうしてもできなかった。目の前で連行されれば母はすべてを察するだろうと思った。そうしてあきらめてくれるだろうと思った。逃げたりして外で捕えられて、いつのまにか敬夫の姿が家から見えなくなったら納得がいかないだろうと思った。母の前で、はっきり捕えられればいいのだときめていたのだ。ガチャンと手錠がかけられた。敬夫は母の方をぐっと睨んだ。(見ろよ、ボクは最悪の道を選んだよ)と目で知らせた。まっ青になって呆然とこっちを眺めている母親の赤く腫れ上った眼は涙がたまっているのだ。(もう見られたくないよ)と思った。外に出ると自動車が待っていた。パッパッと報道陣のフラッシュがひらめいて敬夫は(ふっふっふ)と腹の中で笑った。泣いたって、わめいたってどう仕様もないからだ。

自動車は警察の門を通って正面玄関で止った。父の差入れに来た時は横へ廻って小使室の方へ行くのだが、今は自動車のドアをあけてくれて政治家が視察に来たように迎えられた。刑事達の顔は嬉しそうである。俺を逮捕したので奴等は凱旋兵にでもなったように目が輝いているのだ。そうして、ここから俺は敗残の室に閉じこめられるのだ。俺のこれからの道は唯一つだ。声の録音が物的証拠にはならないとがんばることだけだと敬夫は思いながらグイグイと引っぱられて留置場へ投げ込まれるように入った。

何時間かたって敬夫は呼び出された。赤茶けたドアが並んでいる廊下の隅の部屋に行った。ドアを開けて中を見た途端、(あッ)と声をたててしまうところだった。古い板の机の向うに腰をかけて待っていたのは、あの細い小さい足の、やせた、眼鏡をかけたヒトが敬夫を取調べるために待っていたのだった。

（がんばれるだけがんばるぞ）

と敬夫は机のこっちに腰をかけた。古い板の椅子だ。この椅子に腰かけてこの板の机の前で、

「ボクが犯人だっていう証拠を見せて貰いたいよ」

とふんぞり返ってやる気だったのだ。だが、あの電話がミスだったためにその夢も消えてしまったように思えた。

細い足の刑事は、

「あの電話は、君の声だと思うカネ？」

と言った。

「ボクの声だと決定するんですか？」

と敬夫は言ってやった。

「キミ、電話の声の主は、犯人なんだよ、死体の場所も知っていたし、クシを送ったことも知っていたからな」

と言われた。

「そう、それはボクもそう思いますね、だけど、ボクの声だという物的な証拠はないでしょう、たとえ、ボクの声だってボクが認めても、声だとか、言い方なんてものは物質じゃないでしょう」

と平然と言ってやった。それから、

「声なんて、空気みたいなものでしょう、電波ですよ、そんなものが物質だなんて言うと笑われますよ」

と言ってやった。

「キミ、電話をかけたろう、その人の顔を覚えている者があるんだ」

と言われた。

「新聞で見て知っていますよ、小学生や幼稚園の女の子でしょう、そんな子供や幼児の証言が通用するなら裁判史上に例のないことじゃないですか」

と言ってやった。それから、

「それでも、警察の方で無理にそれを通そうとするなら仕方がないけどね」

と言ってやった。

「キミ、その時、自転車を電話ボックスの外へ置いたろう。電話をかけた犯人は、その自転車に乗って立ち去ったんだよ。荷掛けに赤い花模様の座ぶとんをつけてな、その赤い花模様の座ぶとんは、キミの家にあった自転車にまだそのままつけてあるんだよ、それでもキミは強情をはるのかな？」

　と言われた。

「それ、赤い花模様の座ぶとんを持っている人はボクだけと言うわけですか、ボクだけしか持ってはいないということにきまっているんですか、それに、赤い花模様だというけど赤い花模様の布ならどれでもみんな同じだと言うんですか、呉服屋の反物はみんな、それに、子供や幼児の見た花模様でしょう」

　と言ってやった。

「まあ、そういうことになるだろうな、この場合は、ほかのこともみんなキミに合ってるんだ、声も、言い方も、顔も、と、三拍子も四拍子も揃っていれば座ぶとんもそうだということになるだろうな」

　と言われた。

「それ、みんな、幼い女の子の証言や、空気みたいなものじゃないですか、それが立派な証拠になるなら世界の裁判史に例のない無謀な裁判じゃないですか、勿論、どんな無理でも通そうとするなら勝手ですけどね」

　と敬夫は食い下った。

第一回の取調べは水掛け論で終って留置場へ戻った。そうして毎日毎日呼びだされた。留置場を出て、あの廊下へ出るのだ、コッコッと歩いて、赤茶けたドアを開けて入って、そうして、あの細い小さな足の刑事さんが待っているのだ。そうして水掛け論をやるのである。

いつまで水掛け論をやっても同じことなので、しまいには敬夫は黙ってしまった。

「返事をしないのは、さすがのキミも、強情が通せないからだろう」

と言われた。（いや、そうじゃない、同じことを何回言ったっても同じことだからね）と敬夫は思った。そう言ってやろうとも思ったが、（もう、何回も同じことを言ったのだ）と思うので返事をしないでいた。

十日目、敬夫は争うことは止めようと思った。言うことは同じことでも何回言ってもそれだけなのである。

その時、敬夫は（面倒だナ）と思った。ぽんと、言ってしまおうかと思った。（こんな面倒なことは）と頭の中がカーッとなった。どうせ、人間なんていつかは終着駅につくのだと思った。早いか、おそいか、俺は、俺の選んだ道を（きめてやるぞ）と思った。（どうせ、俺の一生なんてどっちでもいいんだ）と思った。敬夫は古い板の椅子に腰をかけて、細い小さい足の、やせた刑事さんの顔をじーっと眺めた。（自白したならこのヒトは喜ぶだろう）と思った。それから（こんなヒトを喜ばせるのは嫌だ）と思った。そうして、父の差入れに来た時に親切にしてくれた、あの肥った、親切にしてくれた刑事さんを思いだした。どうせ自白するなら、あのヒトに話そうと思った。

「ふっふっふ」

と敬夫は笑って、

「あの、肥った刑事さんはどこにいるだろう、あのヒトに特ダネをやりたいね、あの刑事さんは親切だったからな」

と言ってやった。それから、

「あなたは、いくら話してもわからないヒトだからね」

と言ってやった。それからまた、

「ふっふっふ」

と笑った。

細い足の刑事さんが出て行って、あの肥った刑事さんが入って来た。

「やあ、しばらくでした」

と敬夫は言った。それから、

「どうせ特ダネをやるなら新聞社の奴になぞやらないで、父の差入れの時に親切にしてくれたあなたにあげるよね」

と言った。それから、

「あの、女高生も、たんぼの中の女もボクがやったのですよ」

と言った。言ってしまって、(あの電話をかけたのはミステークだったな)とまた思った。

あたりがざわついて敬夫はハッとした。父が駆けつけて来たのである。「こんなことをするとは」と目の前で泣きくずれている父の泣きシャベる声を聞いたのだ。敬夫は黙ってみていた。(あの電話をかけたのはミステークだったな)と思った。父が胸に飛びついて来た。そうして、

「敬夫、おまえはバカだぞ、どうせ自白するなら、あのやさしい刑事さんに白状すればよかったぞ」

そう言いながら父は細い足の刑事さんの手を握りしめたのである。それから、

「この刑事さんに白状すれば、あとの裁判のことまで面倒を見てくれたのに」

とわめくように言った。父はますます興奮して、

「あんな、意地の悪い、憎い奴に白状して、バカの奴だ」

と言いながら敬夫の胸をゆすりながらあの肥った刑事さんを恨めしいように眺めた。

突然、父が、

「バカヤロー」

と、あの肥った刑事さんに向って怒鳴った。

(畜生ッ)

と敬夫は腹の中が熱くなってきた。

(警察の奴等にダマされたッ)

と思った。くずれるように敬夫は板の椅子に腰をおとした。あの肥った刑事さんが、

「よく、正直に白状してくれたよ、裁判のことも、弁護士のことも、僕が心配してやるよ、僕はあくまでキミの味方になってやるから」

と言う声が聞えた。父が、泣きシャベっていた。

「悪事が栄えたことはないのだ、とんでもないことを」

と父はいつでも言うことが違って、またあんな口から出まかせのことを言っているのだ。

敬夫は頭の中がカーッとなって、

「ふっふっふ」

と笑っていた。

報酬

深沢七郎

ラッシュどきを走っている自動車群はせき込んでいるようだ。二車線ずつの往復の四列は隙間がないまま動いている。

「アレは」と俺は横で運転しているコーちゃんを眺めた。

「カワイイ野郎じゃねえか」と、うれしそうな顔をしながらハンドルをうごかしている。ふたりとも、前を走っているトラックの後の荷台に気がついていた。「南無阿弥陀仏」と大きく書いてあるのだ。

「なんのために?」と思っている。おそらく、大きな事故をおこしたことがあるので、罪ほろぼしの意味にちがいない。その事故は、死亡事故だろうと俺は思っている。そう思ったが、

「なんのためだろう」とコーちゃんに言うと、

「追突されては困るからだよ、あの野郎、ふざけた野郎だよ、うしろから行くくるま

をオドしているんだ」と言っている、が、オモシロいと思っているだろう、笑いながら言っている。俺は、やはり、事故を起こさないための警戒心からだとも思えてきた。

「えんぎでもねえ野郎だ」コーちゃんは笑いながら言っている。

「あの運転手、どんな奴だろう、年寄りだナ」と俺が言うと、

「いやア、若い野郎が、ふざけて書いているんだ」とコーちゃんは思っている。俺は、年配の男にちがいないと思っている。

「どんな奴だか、顔をみたいもんだ」と俺が言う。コーちゃんは、

「ダメだ、混んでいるから、あのくるまをヌかなきゃ」と言っているがコーちゃんは右の列に入りこもうとしている。右の列になれば前のくるまと並ぶチャンスもあるのだ。ぐーっと、俺たちのくるまの前が右にかたむいた。コーちゃんは右手をあげて、おわびするように頭を下げた。ぎーっと、横のくるまがのろくなってくれて、うまく右の列に入った。

「強引だナー」と俺が言う。

「どんな野郎かなー、顔がみたいものだ」とコーちゃんも好奇心があるようだ。右の列に入っているあいだに、あのトラックは二、三台も先に行ってしまった。列を代えることはできたが追いぬくことはできそうもない。

「ムリしないほうがいい」と俺は言った。ぎーっと、くるまが止った。信号で止った。左のほうの、あのトラックの運転手のアタマと背が見えた。

「あれ、女だッ」と俺は意外だった。

「男だよ、若いヤローだ」とコーちゃんが言う。髪を長く垂らして、赤色のセーターだから女とまちがえた。それにしても、若い運転手が「南無阿弥陀仏」の文字は似合わない。というより想像もできないほど無関係ではないかと思う。

あれは、あのトラックの持主が年寄りで、書いておいたのにちがいない。俺もくるまを運転しているから乗せてもらうことなど、めったにないが、偶然、めずらしいトラックのうしろについたのだった。

晴れた日の昼前デンワのベルが鳴る。「ちょっと、逢いたくなりました、午後、お伺いしても、」というKさんの声だ。商売上の取り引きの会社の外交をやっているKさんとは、三度ぐらい逢っている。勿論、仕事の上のことだが、三年間に三度ぐらいだから一年に一回ぐらいの用事しかない。用事があるのにちがいないのだが、「逢いたくなりました」という言葉は妙な余韻だった。「用事があって、来たい」と言えばいいのに、と嫌な予感がする。外交という仕事は、それほど嫌らしい言いかたをしなければならないのかと思いながら午後になった。なんとなく、殴り込みでも待っているようだ。こちらも、血の気の多い中年男だ。逢いたくなるという空ぞらしい言葉を、なぜ言うのだろう、と、考えかたでは馬鹿にされているのかもしれないと待っている。今日は、日曜だ。会社は休みの筈なのにと思ったりする。日曜までも、と思うほどの重大な用事なのだろうか。ただ、「逢いたいと言うだけ」のことだが、と、妙に気にかかる相手だった。

ベルが鳴った。「どーぞ」と声をかける、Kさんが来たのだ。

「なにか、用事ですか?」と、顔が合った途端、こちらはぶっきらぼうに言う。挨拶を言う余裕がないほど、せっ込んでいるのだ。

「ちょっと、おたのみしたいことがあって」とKさんは言う。そうだろう、「待ってました」と、こちらは内心、ほっとする。思っていたとおりだ、用事は簡単で、都内に持っている車庫を、

「六ヵ月、使わせてくれ」と言う。デンワでも用件はすむ筈なのだ。なんで、わざわざ出掛けてきたのだろう? と思う。こちらのつごうで三ヵ月だけはいいが、六ヵ月では予定があって貸せない。もともと、車庫ではなく倉庫なのだ。寒くなれば荷が入ることになっている。Kさんの会社でも荷物を置くために使うのだそうだ。

「三ヵ月でもいいですよ、そのあいだに、荷は少なくなる筈だ」と言う。Kさんは、

なんとなく落ちつかないようだ。小さいビニールの包みを出して、

「リョウをするのが趣味で、これは、自分で撃った、〝キジバト〟です、冷凍してあるので一日ぐらいたてば、とけて、食べられます」と言う。手土産というつもりだろう。

「ハテナ?」と俺は考え込む。キジバトというのは、家バトや、伝書鳩が、放たれたり、逃げたりして、野バトと交合してできた種類でしっぽの羽根にシマがあって、キジという名はついているがハトなのだ。子供たちのあいだにハトを飼うのが流行していて、いろいろな色、シマ模様のハトが売りだされている。もう十年も二十年も流行していたので子供たちはアきてしまったり、オトナになると、外へ放してしまうのだった。

「このごろは、キジバトがふえて、畑を荒らす」と言われている。ハトはコク類をたべるので、農家では困っているのだ。

「ハテナ?」と思ったのは、ハトの肉を食べるものはいないということだった。

「まずくて、まずくて」と言われている。昔から、ハトの肉を食べるということは聞いたことがない。もし、美味《うま》い肉だったら農家では食べれば害鳥をへらすことができるから一石二鳥の筈なのだ。たいがいの、さかな、肉は農家では食べているが「ハト

らない。

を食べた」ということは聞かない。まずいということを知っているからなのだ。また、美味い肉なら肉屋でも売っている筈なのだ。ハトの肉を売っている肉屋を俺はまだ知らない。

「ハトの肉は食べられますか」とKさんに言うと、

「……」黙っている。その眼が、ぼーっとしているようだ。

「ハトの肉は美味いですか？」と聞いてみた。

「……」Kさんはぼーっとしている。おそらく、彼自身も食べたことがないだろうと俺は睨んだ。「こいつは、とんでもない野郎が来たものだ」と俺はムカムカとしてきた。が、そしらぬ顔をして、

「オレは、肉は、ダメだよ、身体のぐあいが悪いので、肉類、さかな類は、いけないんだよ」と言ってみた。

「貰っても、捨てることになってしまうから」

と、貰わないことにした。

「どなたかに、あげて下さい」と言うのを、俺は断った。ハトの肉など食べさせたら、おそらく、俺は嫌われ者になるだろう、ひょっとしたら絶交されてしまうかもしれない。それに、貰うことは、なにか、負担を感じてしまう。捨ててしまうものを貰って、

負担だけが残ることになってしまう。

「せっかくだけれど」と俺はハッキリ断った。Kさんは、それだけの話がすむと、「いま、ちょっと、急いでいます、これから出かけなければ」と言う。我が家に入ってくるときから、そわそわ、と、落ちつかないのが、待っていた俺のほうにはよくわかっていた。わからないのはKさんのアタマの中だ、「逢いたくなった」「忙がしい」「よそへ出かける」というチグハグさが俺の好奇心をかきたてた。

「それでは」と俺は言って、立ち上った。いそいで帰ろうとするKさんのあとにつづいた。客が来て、送ってゆくと、相手の様子がよくわかるからだ。俺の家は出口まで、三十メートルぐらいの畑の道だ。なにか、わからない相手のアタマのなかは、帰りがけに、ポンと、本性が現れるものだ。送って出て、やっぱり、スッと正体が見えた。Kさんは自動車できていた。小型のバスのような普通車で、定員九人の、今、流行っているマイクロバスだ。Kさんは乗用車を持っているので、それを運転してきていたのか、と思っていたが、九人乗りだったので「ハテナ？」と思った。こんど乗用車を、このくるまに換えたのか、とも思ったが、毎日の通勤は途中の駅前の駐車場において、電車で通っている。それなら、九人乗りでは不便ではないだろうか。それとも、借りてきたくるまかも知れない。Kさんは「これから、よそに行くので急ぎだ」と言っている。ここで、俺はハッと気づいた。以前に、Kさんとそっくり同じ訪問を受けたことがあった。そのときの訪問のOさんも、やはり「急いでいる」と言っている。小型バスはカラッポだった。一キロばかり離れていたところまで家族を乗せてきていた。我が家の用事を急いですませて、カラッポのくるまは帰って行った。あとで、「さっき、お宅に来たくるまは、向うで、子供連れの奥さんを降ろして、帰りに乗せて行きましたよ」と、釣りをしていた近所の人が、何げなく俺に話したことがあった。

つまり、レジャーの、ついでに用事をすませにきたのだった。それなら、家族をくるまにのせたまま我が家に来て、用事だけをすませて、くるまで帰ればいいものを、と、忙がしいということが秘密のことのように、こちらは嫌な気がしたものだった。

Kさんも、おそらく、リョウの仲間を向うに待たせてあるのか、家族をのせたレジャーのついでにちがいない。

コトコトとKさんのマイクロバスは帰っていく。くるまのうしろ姿を俺は眺めている。「逢いたい」というのは、こちらを待たせただけだし、「忙がしい」というのは、ついでに用事をすませようということかもしれない。それにしてもハトの肉を食べるように持ってきたのは薄気味わるい。あとで、附近の農家のジイさんにきいてみると「カラスやハトは、その辺に、いくらでも飛んでいるが、肉を食べるというヒトは、八十年も生きてきたが、はじめてだ」と言っていた。

Kさんのマイクロバスが帰っていく。向うの畑のなかから、バタバタとキジバトがとび立っていく。都会の街の通りでは、突然、兇器《キョウキ》を振りあげて切りつける。アッと思うまに殺されてしまう。ヒトはそれを「通り魔」という。あのマイクロバスは、通り魔ではないかと気がついた。通りがかりの魔ではなく予告をして訪れてくる魔人にちがいない。魔人は自分が魔だとは知らないかもしれない。予告をして訪れて相手の心を傷つけて帰っていく。いつごろからこうした魔は横行するようになったのだろう。空に飛行機が飛んで、地には自動車が走り廻っている。「平和」と言われているが犯罪はあとを絶たない。それよりも、魔が現れてくるのを、ヒトは「いまどきの人」と呼んでいる。

その日は晴れていた。秋の陽ざしだが刺すように照りつけている。隣りの町からLさんが来ていた。次の日曜日は秋祭りで、その世話人だからなにかと忙がしい。祭りの日は街の道は歩行者だけになって、この辺の道が回り道になるそうである。その方向指示の立札を立てて廻っていた。俺とは飲み仲間だから家の中に入り込んでいたのだが、そとで「オ」とLさんを探している声がする。

「なんだい?」とLさんが家の中で外の道へ声をかける。

「キタガワの警察から、デンワがあって、いそいで交通係にデンワをするように」と言う。

「なんだろう、家に、誰かいる筈だが」

「誰もいないよ、奥さんも畑に行っているらしい」と言っている。

「デンワをかしてくれ、なんだろう?」とLさんは俺のうちからデンワをかけた。

「もしもし、キタガワ警察ですか? 交通課に」と言った。すぐに交通課に通じたらしい。

「えー、うちのむすこが、交通事故でケガをしたって」とLさんはききかえしている。

「うちのむすこは、学校から帰って、うちにいますが、まちがいではないでしょうか?」とききかえしている。なにか話をしていたが、デンワが終って、

「むすこが交通事故でケガをしたと言っているが、むすこは、学校から帰って、さっきまで」という。

「さっき、というが、いつごろ?」と俺がきいた。

「一時間ばかり前まで、わしと一緒にいたよ、いや、さっき、三十分ぐらい前まで家にいたから」と、いう、また、

「なにかのまちがいだろうよ、自転車についていたカバンが、うちのむすこの物だそ

うだ」

　とLさんは言いながら、

「すぐに行くと言っておいたから、行かなければ」と言う。Lさんは、地下足袋をはいて、立札を立てていたので、くるまも、免許証も持っていない。

「うちまで、取りに行くが」という。「うちのくるまに、乗って行けばいい」と俺が立ち上ると、

「すまないね」とLさんは言って、俺のくるまがうごきだした。キタガワ警察はLさんの家とは反対方向なのだ、街の通りへ出たので、

「キタガワ警察なら、反対方向だから、このくるまで行けば」と、俺はLさんを警察まで乗せていく気になった。わざわざ、反対まで行くのも時間がかかるし、キタガワ警察なら四キロぐらいなのだ。

「すぐだよ、この車で」と俺はきめて、警察のほうへハンドルをきった。

　キタガワ警察署についた。Lさんのあとから俺もつづいて入って行った。ドアを開けると、ガランとした入口は広いコンクリートの場所が空地のようになっていて、向うに、各課が並んでいる。

「交通課」という文字が目についたのでLさんがそこへ行った。コンクリートとくぎ

りのテーブルのような受付からこっちを向いている若いお巡りさんが係りの人だろう。

「デンワを貰ったのですが、交通事故の」とLさんが言うと、

「ああ、むすこさんは重態ですよ」と言う、

「間違いじゃないですか、むすこは、家に帰っていますよ、学校から」とLさんは言う。

「高校生ですね、自転車で通学していますね」とお巡りさんは言って、入口のほうを眺めて顔をうごかした。入口のすぐそばのベンチのようなところに腰をかけていた二人のヒトがあった、のろのろと、こっちへ来た。

「このヒトが」とお巡りさんはLさんの顔をみながら「おとうさんだ」と言った。途端、ひとりが、

「……………」なにも言わないで頭をさげている。もうひとりが、

「申しわけないことを」と言った。

「うちのむすこは、家に帰っているけど」とLさんは同じことをくり返している。さっきのお巡りさんが、

「むすこさんに、逢ってあげて下さい」とLさんに言って、コンクリートの隅のほうに目をやった。そこに、なにか、横になっているものがある。Lさんがそっちへ行っ

た。

「なんだろう」と俺もついて行った。Lさんは立ち止って眺めている。俺もそばへいって眺めた。ビニールの袋の中に少年の顔が上を向いている。横たわっている身体があった。

「ヨシオか」とLさんが大声で言った。「えッ」と俺も言ってそばに寄った。

「どうしたッ」とLさんは言ってビニールの包みを抱いた。目はあけたまま、口もひらいたようになっていて、抱いてもうごかない。

「どうした、どうした、ヨシオ」とLさんは叫んでいるだけだ、俺は、いそいで外へ出た。入口の外に電話ボックスがあるからだ。Lさんの家へデンワをしたが誰もいない。俺は家へデンワをかけた。誰も出ない。隣りの家へかけた。やっと、Lさんの家へ知らせをたのんだ。

「重態だと言ってくれ」とたのんだ。すぐに真実を知らせられなかったのだ。

その日、むすこさんは学校から家へ帰った。友だちの許へでも出かけたのだろう。高校二年生で、自転車に教科書のカバンをつけたまま家を出た。

「よう」と、道で声をかけられた。乗用車が道の端のミゾに、うしろのタイヤを落してしまったので、

「手つだってくれ」と持ち上げているところだった。むすこさんは自転車を道の端においた。

「エンジンをかけたら、もちあげてくれ」と言われた。ジージーッとセルの音がしてエンジンがかかった。ぐーっとタイヤがまわってヨシオはくるまのうしろを持ち上げた。うしろから魔がトラックを運転してきた。「いねむり」という手土産を持ってやってきた。ヨシオが持ちあげたタイヤが浮いた。「うまくいった」と運転台では思った、少年になにか「お礼を」と思った。スルッとタイヤが道路にのった。途端、うしろが大きい声を立てた。少年はくるまとトラックのあいだにはさまれていた。

去年の夏、ねんざで外科に入院したときだった。六人部屋の同室の、隣りのベッドにGさんがいた。胃だとか、腸だとか、はっきりしない症状で内科へ行ったら「外科へ」と言われて入院しているのだった。手術をするか、しないかも、はっきりきまらないといっている。Gさんは自分の病気については話したくないらしい。同室の人のあいだでは「悪質な」と、きめているようだ。Gさんは七十歳で、一日おきぐらいには奥さんが世話をしに来ている。奥さんも七十歳で、明るい性格らしい。「とうちゃん、とうちゃん」とたのしそうな、うれしそうな看護ぶりだった。附添いはいらない病院だが、奥さんが来るとGさんは、「ああしろ、こうしろ」と、亭主関白の夫婦のようだ。

「ボリ、ボリ」とGさんが、なにか、食べているようだ。病気だが、ときどき、オヤツのようにお菓子を食べている。いま食べているのは「落花糖」というお菓子で、奥さんが置いていったものだ。同室の人にも「よかったら、食べて下さい」と、俺のテーブルの上にも置いてあった。奥さんが来ると、案外、話をしやすい人なので、「お宅はどの方面ですか、交通の便は」などの話をしていたのだった。そのとき、

「ああ、それでは、このごろ、観光地になっているところ」と俺が言うと、

「春は、桃もさくらも、梅も、同時に咲いて、きれいですよ」という。「海抜千メートルから千三百メートルまで、村でも、急坂の長い道で、わずか、数十軒の家だが、三百メートルものあいだに」という。

「隣りの家がずいぶんはなれているところですね、豆腐屋に三里、酒屋に五里」と俺が言うと、

「いまは、スーパーが一軒ありますよ、酒屋にケのハえたようなお店だけど、それに、民宿が十軒以上もあります」という。

「こんど、春のころ、行ってみたいですね」と俺がいった。

「どーぞ、お出で下さい、娘の嫁に行った家が民宿をやっていますから、部屋をとっ

ておきます」と言ってくれる。ベッドのGさんが、「バカヤロー、民宿ったたって、二組か、三組しか泊れないよ」と奥さんに文句のような言いかたをする。

「だから、部屋を、とっておくと言ってるじゃありませんか」と、奥さんは、ダンナのあいそのない言いかたの弁解しているようだ。

「デンワがありますか、行くときは、まえもって、デンワで」と俺がきいた。

「番号が、ここに」と言って、名刺をくれた。あとで、読んでみると、観光開発会社の「専務取締役」とあるので驚いた、よほど、だいだい的に観光の宣伝もしているにちがいない。そう思うと、春には、行ってみたくなった。

「春は、四月ですか、いつごろですか?」

「きれいなときは、一週間ぐらいですよ、そのときの気候のぐあいで、四月の終りごろです、四月のなかばごろ、デンワを」と奥さんは親切に言ってくれた。

一日おきぐらいに来ていた奥さんは、いつのまにか、ぜんぜん、来なくなってしまった。俺が退院する頃になってもGさんの病状は、手術をするかも、しないかもきまらないままだった。「いろいろ、お世話さまでした」と俺が退院するときに挨拶したときだった。

「ううん」と言ったままGさんは天井を見つめているだけで俺のほうも向かない。病気のヤセた、青白い顔色で、天井をみつめたまま光るような色の瞳孔もうごかさないままでいる。俺は、あとで、この顔を思いだすたびにゾッとする怖ろしさにおびやかされることになった。

春になった。俺の土地は、桃もさくらも散っているが、あそこの花見は、これからにちがいない、デンワで花どきを問い合わせて「花見に行こう」ときめた。それに、Gさんは回復する見込もないらしかったから、元気な様子ではないだろう。同室の縁だから、花見に行きながら、「お悔みでも」と思ってデンワした。

「ことしは、五月のはじめ、一週間ぐらいです。一泊ですね、三日の夜の民宿をとっておきます、民宿のデンワを」と番号をおしえてくれた。

「こちらについたら、どの家できいても、すぐわかります」という奥さんの声は元気だった、Gさんは手術もしないで元気になって退院したそうだ。俺よりも一ヵ月もおくれて退院したという。花見にゆけば元気になったGさんと、話すこともできるだろうと俺のほうにも明るいニュースのようなデンワだった。

民宿のきめてある三日になった。出かけるのがひるごろになったたし、くるまが混んでいたので着くころは陽が暮れかかっていた。

「ああ、予約の部屋が、あります、Gさんの奥さんは、夕飯がすんでから、ここへ来ると言っていました」と、民宿のおじさんは言う。白髪の立派な老人夫妻でやってい て、Gさんの娘さんの民宿ではないようだ。

「Gさんの家は、すぐ近くですか、奥さんが来なくても、こちらから行くつもりですが」と食事をしながら言うと、

「さぁー、ねー」と老夫婦は顔を見合わせている。バアさんのほうが小さい声で、

「家は、教えないように、と言われているからねー」と、妙なことをジイさんに相談している。「どうしたことだろう、ほかのヒトとまちがえているのかもしれない」と思っていた。七時ごろ、Gさんの奥さんが来た。

「ひさしぶりですね、ダンナさんは元気になったそうですねー」と俺が言うと、

「元気ですよ、ピンピンしていますよ」と奥さんが明るい声で言う。

「これから、お宅へお伺いしようと思って」と俺は支度してきたお菓子を持って立ちあがった。

「それがねー、こんやは、つごうが悪いですよ、わたしも、すぐ帰らなければ」と奥さんが意外なことを言うのだ。

「あれ、どうして、わたしのくるまで」「それが、わけがあるのですよ」と奥さんが、

話しはじめた。同室の隣りのベッドだから、したしく話をしていたのに、Gさんのほうは、とんでもないことを考えていたのだった。

「わたしが、好かれている、と、うちのとうさんが私をいじめるのですよ」と言う。俺はめんくらった。こちらは四十五歳で奥さんは七十歳なのだ。めんくらった、というより、聞きちがえではないかと思うほどなのだ。

「うそを言ってここへ来たですよ」と奥さんが言うので、やっと、俺は落ちついた。

「やきもちをやくクセがあるのですよ、村のヒトと、ちょっと、道バタで立ち話が長いと」と奥さんは言って、

「仲がいいのだろう、と、怒りだすのですよ」

そう言っている奥さんは、困っている様子でもなさそうだ。うれしそうに言ってるようだ。奥さんは、すぐに帰って行った。ここへ、俺が来ているのが知られては困るらしいし、俺のほうでも落ちつかない。

「じゃアお元気で」と奥さんは明るい表情だ。

朝、眼がさめると、陽はもう高くあがっている。いそいで朝食をたべて俺は車にのった。何かに追われるようにくるまが走りだした。くるまのはばぐらいの道で舗装してあるがころげるような坂道だ。曲りくねった山道を俺のくるまは走っている。自分

では知らなかったが俺はGさんにとっては魔だったのだ。病院のベッドで、隣りのベッドに魔が寝ていてGさんをおびやかしていたのだ。俺のくるまは走っている。両側には、桃やさくら、梅、あんずの花が、まぶしいようにあざやかに咲いている。ときどき横目で、花を睨めては俺はハンドルをまわしている。ハンドルがとまどうのは、ときどき、横の花を見てしまうからなのだ、花を睨みながら俺の眼には退院のときのGさんの、あの眼が現れては消える。さーっと、くるまが曲って、道端に倒れている松の枝に藤の花がからみついている。「ここは、藤の花もいっしょに咲くのか」と魔は思ったりしながら走っている。退院のときのGさんの、天井を向いたまま、うごかないで光っているあの眼は、妖しい魔が、さきに退院して、奥さんにデンワでもかけるのではないかと、おびえていたのにちがいない。ころげるような危険な花の坂道は、魔への報酬かもしれない。ぐーっと、アクセルにちからがはいった。どーんと、山へくるまが突っ込んだ。すーっと、魔はドアから出てきた。

電筆

松本清張

松本清張《まつもとせいちょう》

一九〇九―一九九二

福岡県生まれ。高等小学校卒業後、給仕、版下工などを務める。のちに朝日新聞社入社。一九五〇年『西郷札』を発表。五二年『或る「小倉日記」伝』で芥川賞を受賞する。五六年、二十年近く勤めた朝日新聞社を退社。社会派推理小説ブームのきっかけとなった『点と線』を発表し、一方で『日本の黒い霧』『昭和史発掘』などの歴史評論を精力的に執筆した。吉川英治文学賞、朝日賞、菊池寛賞、ＮＨＫ放送文化賞などを受賞。

三遊亭円朝演述・若林玵蔵筆記。

「今日しも盆の十三日なれば、精霊棚《しょうりょうだな》の支度などを致して仕舞い、椽側へちょっと敷物を敷き、蚊遣を薫《くべ》らして、新三郎は白地の浴衣を着、深草形の団扇を片手に蚊を払いながら、冴え渡る十三日の月を眺めて居ますと、カラコンカラコンと珍らしく駒下駄の音をさせて生垣の外を通るものがあるから、ふと見れば、先へ立ったのは、年頃三十位の大丸髷の人柄のよい年増にて、その頃流行《はや》った縮緬細工の牡丹、芍薬《しゃくやく》などの花の付いた燈籠を提げ、その後から、十七八とも思われる娘が、髪は文金の高髷に結い、着物は秋草色染の振袖に緋縮緬の長襦袢に繻子の帯をしどけなく結《し》め、上形風の塗柄の団扇を持って、パタリパタリと通る姿を月影に透し見るに、どうも飯嶋の娘お露のようだから、新三郎は伸び上り、首を差延べて向うを看ると、向うの女も立止り……」（怪談牡丹燈籠）

1

田鎖綱紀は、安政三年八月十五日、南部盛岡在田鎖村に生れた。祖父は田鎖左膳源高行と云い、南部美濃守に仕えて、上杉流軍学の師範であった。父は仲蔵と云い、藩公の近習を勤めた。

田鎖村の辺りは、源家の末流を名乗る者が多い。「奥南旧指録」には、鎮西八郎為朝の子が伊豆の島に生れ、夷《えびす》にならんことを悲しんで、日本に帰ろうとして、海上南風に遭い、閉伊郡に吹き着けられた。直ちに閉伊の領主に仕え、領主死してのち、所の者を従えて、やがて主人となり、その主人が田鎖を名乗って、南部信時のときに亡ぼされたという。また、「烏鷺物語」には「乗りたる馬はおくのたくさり立」と見えて、田鎖というのは或は牧の意味かもしれない。要するに、田鎖姓は、この土地の旧い名前を名乗ったのである。

父の仲蔵が藩公の近習として江戸の藩邸に行っていたため、ほとんど留守がちであった。そこで、綱紀は祖父の左膳の教育を主として受けた。

祖父は藩士たちを自邸に集めて、「武門要鑑抄国政伝」などを講義した。綱紀五、六歳の頃である。この講義を傍聴して、彼は祖父の口述を筆記したいと思ったが、もちろん、写せるものではなかった。

「ああ、これを言葉どおりに残らず書き取ったら、さぞ、面白いだろう」

と幼心に思ったという。

祖父の左膳は、綱紀が七歳のときに死亡した。この頃、奥州動乱がつづき、すぐに維新となる。

父の仲蔵は、江戸が東京と改まってからもまだ藩邸に居残っていた。従四位侍従南部美濃守の邸は、上外桜田にあった。

綱紀は母に申し出て、父の居る東京へ行くことになった。このとき、母は綱紀に武士の三忘を教えた。

「武士が戦場に出るときには、郷里《くに》を忘れ、父母を忘れ、一身を忘るる。これを武士の三忘と云う。この心がけなくては、とてものことに戦場で功名手柄をなし得るものではない。今、汝が学問の戦場へ赴くもまた、この三忘あることを記憶せよ」

綱紀が東京へ出たときは十五歳であった。

当時、旧藩主南部侯は、木挽町に共慣義塾というものを設け、米人ガーデナーを招聘して、英学の研究をはじめていた。旧藩主は、藩の子弟に新知識を与え育成するつもりであったろう。当時はまだ旧藩の秩序が崩壊していなかったから、各藩とも子弟の教育には力を注いでいる。

綱紀は、ガーデナーをはじめ幕臣内田弥太郎などより英学を学んだが、翌年、帝大の前身である大学南校へ入った。明治二年である。

綱紀の南校における修学は、英数学を柳川春三その他より受け、英米伊葡支朝等の諸外国人教師に就き、採鉱冶金、機械理化学、簿記法、炭鉱学、経済学、博言学、清国語、朝鮮語等の学科を受けた。

南校へ入学した翌年、たまたま、受持教官の榎本弥兵衛（榎本武揚の実弟）に紹介され、英語教師のスコットランド人ウィルソンの私邸を訪れた。

このウィルソンは、スコットランド人特有の訛が多く、生徒のなかでその発音を批判する者があった。綱紀は彼について英語の会話を習ったが、当時は適当な教科書もなく、黒板に書いたものを写し取り、発音はカナで書いたものだ。綱紀は、何とか発音のまま書ける方法はないものかと、このときも筆記の工夫を考えたという。

ウィルソンの私邸を訪れたのは、榎本教官の紹介だが、この老外人も、その夫人も殊のほか歓び、帰るときは、一週間に一回は必ず訪問せよ、とまで云われた。綱紀は、その後もしばしば訪問をつづけているうちに、ある日、夫人から英文雑誌の「ポピュラル・エデュケーター」（国民教育）を示された。綱紀がそれを開いて読んでいるうちに、この雑誌の中に奇怪なる文字が数頁に亘ってあるのを発見した。

不審に思った彼は、夫人に質問したところ、それは英国人アイザック・ピットマンの発明した「フォノグラフィー」なるものだ、と説明した。

然るに、このとき、夫人は未だフォノグラフィーなるものに知識がなく、ただ、その名称のみを教えただけであった。綱紀はまだ英学を学んで日が浅かったので、その奇妙な文字の正体も分らず、何となしに面白い文字だぐらいに感じていた。

この頃、実父仲蔵が、士族の商法に失敗したので、綱紀への学資の途は絶たれ、彼は、当時、深川佐賀町にあった旧藩の蔵屋敷に居た一条基緒方へ食客として寄宿した。この一条が英学を密かに学びたいと云うので、綱紀は、彼が役所より帰って晩酌が済むと、毎晩必ず一時間はコルネルの地理書を教えた。教えたというよりも、当人にとっては復習であったであろう。

中年の一条が綱紀に就いて英学を習っていた努力を、盛岡の一人物だ、と綱紀は賞めている。

大学南校は綱紀に失望を与えた。当時、制度がまだ整わず、教官も生徒も規律が不充分だったことに因る。理化学部は生徒一人に教師十数人という時期もあって、一時閉講したくらいである。しかし、一方では、海外の新知識が怒濤のように新日本に流れ込んでいた頃だ。綱紀は、その新知識の一つである航海学に眼を着け、これに必要な数学とか測量に関する事柄を、築地の海軍兵学寮の官舎に居た同藩の先輩本宿宅命に就いて学んだ。

明治四年、綱紀は大学南校を出ると、一条基緒の推薦で工部省に入り、鉄道寮の技師シェッファードの助手として京浜間の鉄道測量に従事した。

「太政官日誌」明治三年三月十七日の項に、

「鉄道製造ニ付、東京ヨリ神奈川迄道筋測量被仰付、御雇人外国人引連、役々出張可致候条、為心得相達候事」

とあるから、シェッファードもこの御雇外国人の一人であったであろう。今日、シェッファードについては、鉄道史にも不詳である。が、とにかく、新橋、横浜間の鉄道敷設という歴史的な測量製図に綱紀が携っていたことだけは事実である。

然るに、綱紀は、工部省における測量生活も永くはなかった。間もなく一条基緒の勧めにより、今度は鉱山寮に招聘された。一条の話によれば、

「鉱山師長H・T・ガッドフレイというドイツ人が、ぜひ、英語を解する製図の技能ある青年を欲しているから、ほんの二、三日行ってもらえないか」

ということだったので、綱紀は承諾して、翌日、溜池の鉱山寮へ赴いた。綱紀はガッドフレイに会ったが、突然、鉱山に関する機械図のトレッシングを英語で命ぜられた。彼は二、三時間かかって一枚を仕上げ、ガッドフレイに見せると、大へん良く出来ている、と称讃された。のみならず、彼からは、製図機械や銀のテープ、象牙の折畳式スケール、プロトラクターなど、鉱山に関する書物も贈られて帰宅した。

綱紀は、翌日また一条から呼ばれたので、自分の書いた製図に何か疑点が起ったのかと危ぶむと、いや、それどころではない、ガッドフレイ博士は、ぜひ、君を懇望しているので、今日から早速君を上げるよう答えておいた、シェッファードのほうへは断っておいたから、君もそのつもりですぐ支度をしてくれ、というようなことだった。一方的な云い方だったが、これまで一条から数々の厚遇を受けているので、これも彼の好意の計いだと感謝し、この際、志を転じて鉱山学の研究をしようと決心した。その晩から、綱紀は鉱山師長官舎の一隅へ転居した。

2

明治五年、アメリカ人工学博士ロバート・G・カーライルが鉱山寮に招聘された。

秋田県下の大葛金山にアメリカ式の機械を据え付け、大々的に採金することになり、この外人技師が政府から雇傭されたのだった。綱紀は、今度はカーライル博士の居る鉱山に行かせられることになった。

政府は、この頃、外人をしきりと雇っている。明治五年四月の「新聞雑誌」によると、外国人総員二一四人。うち、英一一九人、仏五〇人、米一六人、孛《フロイス》八人、蘭二人、伊一人、葡一人、白一人、嗹《テルマルク》一人、馬四人、支九人、印二人で、その給金一カ年の総高五十三万四千四百九十三元《ドル》となっている。いかに政府が外国の新技術の注入に熱心だったかが分る。

大葛金山も貧鉱だったのだが、政府は米国人を雇って大いに採金を新式化し、金の資源を得ようとしたのであろう。

大葛鉱山は慶長年間の発見と伝えられ、藩政時代には阿仁鉱山の支山として藩の経営にかかった。鉱床は凝灰岩の裂罅に充塡した含金銀黄銅鉱脈で、精鉱はのちに尾去沢精錬所に送っている。が、藩政時代は原始的なもので、無論、坑内は穴掘りであるから不衛生極まり、このため、カーライルは、五年間の苦闘ののちに、この地に歿している。

綱紀にとって、このカーライルに出遇ったことは彼の一生を決定したようなものだった。

カーライルは鉱山学に長じているばかりでなく、諸国の文字にも通じ、また、アメリカに居る彼の妻も五、六カ国ぐらいの外国語を知っていた。そのために、カーライルの許に来る妻の手紙は常に、英語はもとより、フランス、ドイツ、スペイン、ポルトガルなど種々さまざまの言葉をもって書いて来ていた。

ある日のことである。カーライルの妻から博士のところへ一通の手紙が届いた。博士はそれを開封して読み出したが、そのうち、ひとりで大声をあげて笑い出した。

傍に居た綱紀が好奇心を起して覗いてみると、鉋屑が風に舞ったような線が並べて書かれている。綱紀はこれまで、時おり来るカーライル夫人の手紙に、ドイツ語やフランス語の入り混った雑種文を見たことがあるが、このミミズの匍ったような得体の知れない文字を見たのは、初めてだった。それが一種の文字であることは、それを読んだ博士がいかにもおかしそうに笑い出したことでも想像された。綱紀は訊いた。

「先生。これは何ですか」

博士は微笑した。

「これかい。この文字はアメリカン・スタンダード・ステノフォノグラフィー、即ちアメリカの記音学であって、人の言葉をそのまま書き取る符号だよ」

それを聞いたとき、綱紀は、曾てウィルソンの家に行って、その夫人から見せられた雑誌「ポピュラル・エデュケーター」の中にも同じ記号のあったことを思い出した。つまりそのときのウィルソン夫人の説明によると、これは英人ピットマンの発明したもので、「フォノグラフィー」と称するものだとの言葉だ。

そこで、綱紀はカーライル博士に、その記号を読んで聞かせてくれ、と頼んだ。カーライルは声を出して読み聞かせた。ところが、博士の読むのを聞いていると、いかなる書物よりも人間の言葉を写しているように思えた。それは田舎の炭鉱会社の株主総会における発言だったが、そこには地方の訛までが見事に写され、しかも、発言者の癖、教養といったものが記号を読む博士の唇に躍動していた。

綱紀は、世の中には読む文字以外にしゃべる文字のあることを発見した。彼は曾て幼年の頃、祖父左膳の講述する「武門要鑑抄国政伝」を聞きながら、それを筆記したいと思ったことがあった。また、大学南校でスコットランド人ウィルソンの英会話を学んだとき、発音が片カナで正確には表せないで困惑したことがある。そのときも、発音そのままに書ける工夫はないものかと思ったことがあった。

綱紀は、今、カーライル夫人が書いた記号を知って、世にこれほど言葉を写すのに便利な文字があれば、自分もぜひ習得したい、と思い立った。

「カーライル先生」

と綱紀は言った。

「どうか、自分にもステノフォノグラフィーを教授して頂けないでしょうか」

すると、カーライルは少し困ったような顔をした。

「妻はこの術をよく知っているが、実は、自分は全く知識がない。だから君に教えることは出来ない」

綱紀は、この記号を読める以上、カーライルに全然知識がないとは言えないと思った。

「それでも、先生は、この記号が読めるではありませんか」

「読むには少し読めるが、書くことが出来ないのだ。つまり、この術は大そうな習練が必要で、誰にでも容易に書けるものではない。ただ、自分は基本文字を知っている程度だ」

基本文字を知っていれば、それを教えてもらい、そこから更に研究を進めればいいと思った。

「では、基本文字を教えて下さい。例えば、日本字でパ、ピ、プ、ペ、ポというのがあります。英字で書けば pa pi pu pe po となります。先生、これをステノフォノグラフィーの記号で表せば、どういうことになるのでしょうか?」

それには、博士は簡単に教えることが出来た。

「それは、つまり、こうだ」

博士は、それを一つ一つ書いてくれたが、夫人の手紙にあるような、ミミズの匍った線に変りはない。

およそ記号は何かの法則から取ったものでなければならぬ。一見、鉋屑のはしが捲くれ上ったようなこの線も、もちろん、一つの法則があり、一つの秩序から発明されたものでなければならなかった。

綱紀は訊いた。

「この上に向いたり、下に向いたり、はしが曲ったりするのは、どういうところから来ているのですか?」

博士は、その原則を知っていた。彼は紙に二重の円を書き、更に、それに縦横十文字の線を入れ、その間に斜線を交叉させた。すると、二重の円は恰も車輪のごとく八つの支線に分割された。

「この直線と、斜線と、円のそれぞれの部分が、各文字の記号となっている。例えば」

と博士はいま引いた図面の上に濃い鉛筆を重ねて、ある部分の線をなぞった。すると、それは円の一部、つまり微かに彎《わん》曲した弧の線となった。

「これがSだ」

博士は云った。

今度は、上から下へ真中に貫いている直線の一部分に鉛筆を重ねた。

「これがTだ」

更に、左から右へ真中に貫いている直線の上を取った。

「これがKだ」

今度は、二重円の中の小さな弧の一部を鉛筆で区切った。僅かに彎曲した小さな弧が出来た。

「これがAだ」

つづいて、その反対側の小さな弧の一部を切り取った。

「これがEだ」

綱紀は、次々と一つの弧と線の形から分割されてゆく部分線を瞬きもせず見つめた。なるほど、仔細に見ると、弧、線のそれぞれの僅かな部分が独立した線の記号を表現した。この断片的な部分を横に並べてゆくと、カーライル夫人が書いたと同じような奇怪な曲線となったのである。尤も、博士は自らも云うように練達者でないから、夫人の手紙にあるような連続的な線ではなかった。しかし、これだけ聞いていても、不思議な記号の由来は分った。

「この小さな円と線では母音を表し、外側の円と線は子音を表すのだ」

博士は教えて、例として綱紀が質問した pa pi pu pe po を実際に綴って見せた。綱紀の心は躍った。なるほど、理屈を聞けば、その妙な線が一つ一つ生きて理解されるようだった。今まで、ただ、奇妙な記号だとばかり思っていたのが、俄かに「文字」として眼に写ってきた。

「先生。それは便利な文字ですね。ぜひ、もっと教えて頂きたいのですが」

博士は微笑《わら》った。

「これから先のことは、わたしにも分らない。それに、今云ったのは基本的なことで、君が感心した妻のステノフォノグラフィーを綴るようになるには、非常な習練と忍耐とが必要なのだ。なにしろ、わたしさえ途中で投げたのだからね」

「いえ、先生。わたしは、ぜひ、教えて頂きたいのです。どうか、先生がご存じのところまでで結構です。ぜひ、自分の身につけたいものです」

綱紀は眼と顔色を輝かした。

「君がそれほど熱心に云うなら」

と博士は云った。

「わたしの知ってることだけは教えて上げよう」

ある程度のことは、事実、博士も知っていた。綱紀は、まず、基本文字だけを紙に書き写し、次に、それを連綴することを勉強した。母音と子音の連綴は容易ではなかった。例えば、微妙な弧の角度、線の僅かな長短の違いだけでも発音記号がまるで変ってしまうのである。綱紀は自分で書いておきながら自分で分らなくなってしまう。一本の線、一つの弧を正確に書き分け、読み分けることは容易でなかった。

綱紀は、カーライルから基本の線を教えられたとき、まず、その簡単さに愕き、次に、なんだ、そんなことか、と思っていた。これなら容易に自分にも出来そうだと思った。案外他愛のないことで、ちょっと見てミミズのたくったような線も、教えられた原理が分れば造作なく書けそうな気がしていたのだった。

しかし、耳から手にすぐ移る記号の筆記もむずかしかったが、この簡単な線の正確な書き分けも更に困難だった。簡単ということがいかに複雑であり、非凡であり、難渋であるかが分った。

しかし、綱紀は、この奇妙な記号の征服感を捨てることが出来なかった。

3

綱紀は、この記号ばかりを練習した。そのうち、簡単な英語で、ゆっくりとした速度なら、どうにか書ける程度になってきた。

しかし、当然だが、彼にはこの英字の記号を日本語に移す欲が出てきた。元々、それが自然の筋である。今度は、単に習うだけではなく自分の工夫が入る一種の発明だから、彼もこれまで以上の熱を入れた。

昼は鉱山の仕事に従事し、疲れた身体を夜の勉強に当てた。うす暗い洋燈の下で、友人が寝静まってしまうのちまでも、日本語に移す工夫に耽った。しかし、これもやさしい作業ではなかった。基本文字は英字から出発している。全く文脈も字体も違う日本語にそのまま当てはめることは出来なかった。

それでも彼はその努力に飽かなかった。英字で出来る記号が日本字にも表せないことはない。そう考えて、しきりと毎日、線や弧を引いていた。

彼はカーライル博士に相談してみようと思ったが、このアメリカ人は、無論、日本語を知らない。どうしても自分独力で発明にかからなければならなかった。

ある日のことだった。カーライルは、毎日、綱紀が何やら書いているのを見咎めた。

「実は、先生から教えてもらったステノフォノグラフィーというのを、日本語で表してみたいのです。それでさんざん苦労しているところです」

綱紀は少し赧くなって答えた。

「そうだったのか」

博士は何度もうなずいた。

「無理もないことだ。日本人である君が、それを日本語に移そうと考えたのは、当然のことだ。自分もキャラクターだけは知っているが、どうも学理というものを本当に知らない。それが分らなければ速くも書けないし、第一、君の相談対手になってもやられないね」

博士は気の毒そうに云ったが、綱紀があまりに熱心なのに打たれた。

「君がそれほど懸命にやりたいなら、何か参考になるような書物を本国から取り寄せて上げよう」

その言葉に嘘はなかった。しばらく経つと、ステノフォノグラフィーに関する書物が本国から博士のところに四百冊ばかり届いた。

「これには殆どそれに関する記述がある筈だ。これ以外に君の助けになるものはない。まあ、読んでみるんだね」

綱紀は、それを片端から貪るように読み出した。本は四百冊という大そうなものである。しかし、四百冊を悉く読み終ったとき、彼には前より更に大きな落胆が来た。西洋で発明された話術記号は、結局、西洋のものでしかなかった。日本字に移す暗示さえ、この書物は示していなかった。その絶望だけを綱紀は四百冊の書物から教えられたのであった。

「タクサリ。元気を出すんだね」

博士は、悄然としている綱紀を慰めた。

「どんなときでも、人間は希望を捨ててはならぬ。人間、自分の精神を捨てることは、自らの全部を葬ることだ。努力する者にだけ神は光明を与える。君はきっと光明を見出す。君くらいの熱心さがあれば、どんなことでも叶えられる筈だ」

「しかし、先生」

綱紀は眼を伏せた。

「わたしにはも早、自信がなくなりました。結局、自分の考えは、出来ないことを懸命に工夫していたことを知りました。西洋の文脈と、日本語のそれとは、全く違っているのです。根本的に違っているものを、うわべだけで植え替えようとしても、無駄でした」

「そのことだがね」

カーライルは、綱紀の肩を指で敲いた。蒼い眼が笑っていた。

「実は、最近、わたしの見たもので、サイエンティフィック・アメリカンという学術雑誌がある。これに、ロスアンゼルスのラングレーという人がスパニッシュのステノフォノグラフィーを発明した、という記事が載っていた。スパニッシュはどことなく日本語に似通ったところがあるから、もしかすると、このラングレーの方法が、日本語を書くのに助けとなるかもしれないね。わたしがその雑誌を取り寄せて上げよう」

そのパンフレットはやがて到着した。綱紀は、今度こそ、これに手がかりがあると信じて、胸を躍らせて熱心に読んだ。なるほど、カーライルが云う通り、スペイン語と日本語とは、英語のそれよりもずっと近そうである。スペイン語の基準も英語と多少違っていたから、この相違から日本語へ移し替える手がかりが摑めそうだった。

だが、結果は前の場合と同じだった。英語との多少の相違はスペイン語の特徴に合わせたものだが、しかし、スペイン語の特徴は日本語の特徴ではなかった。前には、それを読んだら希望が湧くものと思っていたのが、今度は、かえって元の英語のほうが分り易いくらいだった。彼はまた絶望した。

綱紀は考えた。西洋の学問は、大てい日本にそのまま移入することが出来る。例えば、今自分がやっている鉱山学にしても、測量術にしても、法律、経済にしても、そのままの翻訳で使用出来るのである。ところが、このステノフォノグラフィーだけは、そうはいかなかった。元々、外国語の発音、口の動かし方が日本語とは根本的に相違するのである。それに、日本語は西洋の発音にない言葉がある。吃音にしても、拗音にしても、濁音にしても、発声法が違うのである。しかも、日本語にはこれらが頻りと使用される。だが、西洋の発声記号にはこれらが全く見当らない。綱紀は己れの空しさをさとらねばならなかった。

孤独で、困難な研究だった。いっしょに居る友人たちも綱紀のすることを嘲笑した。理論は立派だが、愚かな努力だと云うのである。実際、毎日眼を凝らして他愛のない線や弧を書いている綱紀の神経が普通とは思えなかったのである。

綱紀の希望は絶望につづいていた。途中でまた何度も希望が湧くが、すぐ絶望が襲った。こうして結局、最後の絶望が、彼にそれまでしばしば訪れていた小さな希望をくるめてすべてを喪失させた。

山での五年間は永かった。この辺は雪のために十月の末から三月の半ばまで生活が閉ざされてしまう。

大葛金山にアメリカの新式機械を取り付けたものの、旧藩時代の穴掘式の採鉱法には急な開発も出来なかった。鉱脈のある所は乱掘されて危険となり、廃坑は水浸しのままであった。

竪坑を上下するのにも、一本の丸柱に斧で刻みをつけたものが梯子代りだった。落盤、出水の危険に始終身を曝されていなければならない。しかも、政府は御雇米人技師の実績に期待をかけていた。

このようなことが眼に見えない精神的な圧迫となって、カーライルは仆れた。もとより、坑内衛生の不潔や、坑内安全の不備による災害が、この米人技師の心身を蝕んだのだが、この悪条件は、この技師の下について働いている綱紀など日本の若い者にも容赦はしなかった。

古くから鉱山《やま》に居る連中は、このことをよく知っていて、坑内から上ると、数里も離れた花輪の町に享楽を求めに行く。しかし、綱紀は、他人が遊興に出ている間でも、ステノフォノグラフィーの日本語化の企てを止めなかった。

最後に絶望はしたが、この五年間、殆どこのことに彼の青春は奪われていたといっていい。

綱紀も病に罹った。カーライルの死に遭って、彼の心身も急に衰弱した。彼は山を下った。

4

綱紀は、東京に帰って病を養ったが、静かな生活を送っていると、またステノフォノグラフィーの日本語化の野心が起ってきた。絶望はしたものの、湧き水が地下を潜って流れているように、絶えず彼の意識の下につづいていた。それが時には隠れ、時には現れたりする。

この頃、もう一度、彼に希望を持たせたのは、二人の外国人だった。

アメリカ人のホイットニーという簿記博士が銀座に商業夜学校を開いたとき、綱紀は商法や契約法の講義を聴いた。彼はこれをカーライルから習った符号で試しにやってみた。すると、ホイットニーが彼の筆記を見て、これは日本の文字ではない、アメリカのステノフォノグラフィーに似ている文字ではないか、と云った。綱紀が、ステノフォノグラフィーはやるにはやったが、日本語は書けない。英語だけはアメリカの方法で書いていると答えると、ホイットニーは、ぜひ、日本にもこの方法を設けておかねばならぬ、今までに日本でこの文字をもって書いている人はなかろう、と云った。

もう一人は、イギリス人のポッターという人である。この男と綱紀がいろいろ話をしたついでに、ステノフォノグラフィーのイギリスでの方法を問うと、イギリスはアメリカより先にこの術が広まっているので、いろいろ利益になることを聞いた。しかし、所詮、これも日本語に移すことの困難には変りはなかった。

だが、この二人に出遇ったことが、彼の持ちつづけていた絶望感を少しは救ったのである。彼は微かな希望をまた持ちはじめた。

明治十一年、彼は縁故があって、当時、芝の増上寺の近くにあった、田中義廉の内外教育新報社へ入社した。田中義廉は小学読本の創始者である。

彼はそこで村山義行という旧幕臣と偶然知り合いになり、二人で編集に携っていた。あるとき、銀座に大日本農義社というのがあって、そこで外国人を呼び、農学の講義をはじめたことがあった。その講義を新聞に出す必要上、綱紀が筆記したが、なかなか思うように書けない。彼はますますステノフォノグラフィーの必要を感じたが、まだどうすることも出来なかった。

明治十一年といえば、西南戦争の後を受けて、国内には言論が俄かに活潑となった時代である。土佐の立志社が国会開設の建白をしたのは、その前年で、服部徳訳の

「民約論」も、その年に出ている。

第二回地方長官会議が召集されたのもこの年で、民間では大井憲太郎の桜鳴社などの遊説がはじまっている。明治十四年の国会開設の民論沸騰の先駆は、早くもこの年に現れている。

しかし、これらの会議にしても、演説会にしても、府下の諸新聞が掲載した記事は、同じ人間が話したことでも、筆記者によって全部報道が違っていた。一人の人間の口から出たものがこのように相違するのは不合理だが、綱紀はこれを読むにつれても、何とかして一定の記録を載せるようにしなければならないと思った。そのためには、ステノフォノグラフィーの日本語化の必要が痛感されたが、工夫はやはり同じところに止まっていて、少しも進まなかった。

そのうち、社用で彼が京阪地方に旅行しているとき、社長の田中義廉が仆れたので、そのまま神戸に知人を訪ねて、しばらく此処に逗留することになった。このとき、彼は友人とある事業を計画したが、失敗して、また東京に舞い戻り、麴町元園町にある三橋という家に下宿した。

綱紀は考えた。自分はやはり商売や事業には向かない人間だ。こういうことに気を取られて、自分がかねて抱いていたステノフォノグラフィーの日本語化の望みを枯らしてはならぬ。これを機会にあの研究をつづけ、完成に全力を注ごう、と決心した。あらゆる勉強はし尽したが、それでも何かこれを進める手がかりはないものかと、毎朝、弁当を二つ持っては下宿を出て、三番町の図書館に行き、次に、お茶の水の聖堂横にある博物館へ回り、此処で昼弁当を食べて、上野の図書館へ行き、更に浅草の千代田文庫へ行き、そこで夕食を済ませ、日本橋通りから銀座を抜けて帰るというコースを毎日繰返した。まだ馬車や電車もなく、彼は擦り減った下駄を穿いて、破れ袴を穿き、歩き通したのだった。当時の綱紀は、髪の毛を肩まで伸ばしていて、それに生来の長身だから、これが下宿の主婦には奇怪な風貌に映った。

こういう生活が三年間もつづいた。夏は炎天の下でひと回りして帰ると、身体じゅう汗が流れて、肌着も水浸しのように濡れる。冬は寒い風に吹き曝されて、雪の長い道を歩くから、ちび下駄の歯の間に雪が団子のように固まって、何度か転んだりした。殊に、図書館では火を入れていないから、永いこと坐っていると手足がかじかみ、唇が紫色になってしまう。それでも彼は、少しずつ、何か天の一角に青空を望むような、微かな希望を抱きつづけていた。

三年間もつづけると、多少は以前より進歩したように見えた。しかし、それが実用化するには未だほど遠い。この企図を放擲しようとしたことが何度かあったが、その都度、自分を奮い起たせた。幼時、故郷を出るとき、母は武士の三忘を教えた。ひとたび学問の戦場に出たら、一身を忘れよ、と云った。砂のように崩れ落ちるわが心を、彼は指で押えつけるようにした。

綱紀は、多少の知人が出来ないでもなかった。それらに自分の計画を話したことがある。だが、その着想を賞めても、誰もが成果を危ぶんだ。いや、危ぶんだというよりも、はじめから出来ないことだと決めつけた。綱紀の努力を空しいことだと嗤うのである。

だが、彼が図書館通いをしている間に、偶然、一人の九州生れの男と知り合った。熊本の産で、河野某という男である。彼はどこかの新聞社員だったらしいが、急に帰郷すると云って、彼の下宿へ暇乞いに来た。二人は伴《つ》れ立って、近所の隼町にある鏑木という牛肉屋へ行き、酒を呑みながら話を交した。

このとき、ふと、綱紀は、この男に自分の志しているステノフォノグラフィーのことを話してみる気になった。すると、これまで他人に全然なかった反応が河野の表情に現れてきた。彼は綱紀の話にひどく興味を持ち、膝をすすめ、それからそれへと質問してゆく。綱紀も思わず釣り込まれて、快くそれをしゃべることが出来た。これまでの経験で、対手の顔に軽蔑か冷笑しか見たことのなかった彼も、河野だけには全く違った表情を見た。

「面白いです。ぜひ、それをおやりなさい。今くらい、あなたのやっておられることが日本に必要なときはないと思います。ご覧なさい。今、演説会は、毎晩のように府下の各地で行われている。これを筆記しているのは、ただ要領だけです。それも間違いだらけです。演説者の言葉をそのまま写し取ることは、到底、出来ません。これでは言論の発達は望めそうにありません」

河野のほうが興奮していた。そして彼は、自分の知人に時事新報の記者がいるから、それに紹介して、何とか発表できるよう頼み込んで上げましょう、と云った。

綱紀がこのときまでに自分の工夫で考え出した日本語式のステノフォノグラフィーは、五十音を基準にしたものだった。しかも、彼は、ローマ字の組成に着眼した。まず、ア、イ、ウ、エ、オの母音に小円内の直線と斜線と弧を当て、カ、サ、タ、ナ、ハ、マ、ヤ、ラ、ワの父音に大円内の直線と斜線と弧を当てた。こうして横と縦の母音、父音が決まると、今度は、イ列、ウ列、エ列、オ列にそれぞれ一定の法則を与え、この法則をカ、サ、タ、ナ、ハ、マ、ヤ、ラ、ワの父音符号に結びつけてみた。すると、ひとりでに各父音の行の子音が出来上ったのである。

更に、綱紀は、拗音、濁音、半濁音、促音、吃音にも一定の法則を与えた。ここまで出来上ると、一応、どんな日本語でも書き表せぬことはない。しかし、これだけでは、実際の話し言葉を立ちどころに速写することは出来なかった。

ただ、綱紀にはおぼろな形が泛んだというにすぎなかった。

5

明治十五年九月十九日、時事新報紙上に「日本傍聴筆記法《ジャパネーズ・フオノグラフイー》　楳ノ家元園子」という見出しで一文が掲載された。

「……漸ク今年ニ至リ簡単ナル一法ヲ考出シ、一百余ノ単音記号、二百有余ノ複音記号ヲ製シ、之ヲ転用シテ如何ナル混雑シタル万般ノ記事論文俗談平話ト雖モ容易ニ差支ナク記録シ得可キノ法ヲ考定セリ。然レドモ、之ヲ世ニ公ニシテ、以テ広ク稗益スル所アラントスルニハ、素ヨリ小生一人ノ能クナシ得可キコトニ非レバ、聊カ新聞ノ余白ヲ汚シテ小生ガ微衷ヲ記シ、江湖同志ノ士ト共ニ与ニ研究センコトヲ謀ラントス。諸君、幸ニ賛成スル所アレ」

この発表をすると、二日目には、元老院の書記生で林茂淳という青年が訪ねて来た。

彼は、新聞を見て上ったのですが、ぜひ日本傍聴筆記法なるものを御教授願いたい、と頼んだ。林青年の面には熱意が溢れていた。

しかし、綱紀は断った。

「新聞に発表したものの、まだ充分とは云えないし、これからも研究しなければならない。教授のことは、今しばらく待ってもらいたい」

すると、林茂淳は、講習があるときは、ぜひ、通知を呉れ、と云って、自分の住所を書き置いて帰った。この青年は、日ごろ、筆記に非常な興味を持ち、桜鳴社などの討論演説会その他講演などがあると、たびたび出向いて傍聴席で筆記をしていたものである。

これを皮切りにして、後から後からと来訪者は絶えなかった。そのたびに、綱紀は未成品であることを告げ、断ったが、そのなかで大高という若い男が待ち切れずに、自分で勝手に講習の規則を作って、印刷までし、綱紀のところに膝詰談判をして来た。

綱紀は、自分の考えたことがまさに時流に合っていることを知った。これ以上ためらうべきではない、とも考えた。自分の考案したものはまだ不充分であるが、完成を待ったら、あと何年かかるか分らない。それよりも、同志が集ってくれるなら、教えながら自分でも勉強出来るし、はるかに刺戟になると思った。今まで、孤独にこつこつとやって来たのが、ここに俄かに多勢の同志が出来たのであった。

この日本傍聴筆記法講習会は、十月二十八日、日本橋通りの小林茶亭（貸席）楼上で開講式が行われた。当時の新聞には、それを次のように報道している。

「（十一月二十五日付、東京横浜毎日）日本傍聴筆記講習会は、東京法学校内に開会せしが、這回、本郷真砂町一番地の大高某外二名が首唱にて、同志者数十名を募り、同所にても右講習会を開くよしにて、本会を名づけて講習会本郷部と称し、尚其他麴町、芝、京橋等の各区にも会場を設立し、ますます筆記法の進歩を図ると云ふ」

会費は一カ月二円であった。当日、集った者は、林茂淳、若林玵蔵、酒井昇造など、三、四十名に上ったが、この講習会が進むにつれ、一人減り、二人減りして、半年を過ぎた頃には二十数名になってしまった。いずれも、やってみると、その練習の困難に辛抱が出来なかったのである。このうち、林茂淳と若林玵蔵とが、のちにこの法を近代的な方式に育成している。

このときの講習会は、名は講習であっても、発音の速写ではなかった。ただ、六カ月通っても基本文字を教えるだけで、あまり役には立たない。仮名文字を普通文字に直したり、普通文字を筆記文字に改めたり、或は徐々に読むことと書くことを練習するくらいで、速力を速めるということは出来なかった。要するに、綱紀が考えていたのは基本的なことだから、こういうこと以上に教えようがなかったのである。

当時のことを、若林玵蔵は、その自伝に書いている。

「斯くて卒業はしたけれども、少しも書くことが出来ないから、同志と謀って、余の下谷御徒町の宅に集って、研究練習することになった。そのとき集った人々は酒井昇造、林茂淳、神尾珍、三田某の諸氏その他二三名で都合七、八名であったと思う。それらの人と共に日々練習したけれども、仮名ばかりでは、何程練習しても、速度が進まないから、余は或は書きにくい字を改めたり、或は略字を拵えて、それを使用した。かくて日々孜々として練習して数カ月を費したけれども、思うように速度が進まないから、集った人々は追々倦怠を来して、欠席する者が多くなって、一人減じ、二人減じ、遂には酒井氏と余と二人ばかりになってしまった。或るとき二人で、われわれは斯くのごとく日々怠りなく練習しておるけれども、まだ、なかなか実地に演説を筆記することはできない。なおこの上練習を重ねれば、果して成功するものであるかどうか、甚だおぼつかない。万一、不成功に終るときは、われわれの一カ年の苦心も水泡に帰するのみならず、日本の筆記法は遂に再びこれを研究するものがなくなるだろう、といって歎声を発したことが、しばしばあった。

然しながら勇気を出して、この上はただ文章を読んで練習するばかりでは、実地の役に立たないから、実地に臨んで演説や講義を書いて練習したならば、みずから実地に馴れて進歩も早かろうと思って、それより両人別々に実地練習をすることにした」

林茂淳も同じく回顧して次のように述べている。

「講習は終ったが、活用の彼岸に達するには前途渺茫であった。勇気を鼓舞してはいたが、不安と恐怖はなお念頭を去らなかった。同学の人たちも倦怠して、だんだん断念する者が増し、熱心だった同僚の前田氏も断念組の一人と化した。私は西山君（元老院書記官西山真平）などから、しばしば「林はまだ思い切れないか」と侮りの声を浴びせられた。中には「そんな蚯蚓のノタくったようなもので演説が満足に書けたらこの首をやろう」と嘲った人もあり、それを聞いて「ぼくもやろう」と雷同した人もあった。嘲罵の声は日に増し高まった。私は必ず成功するという予感もあり、自信もあったものの、周囲の喊喋、実に心細かった。

私は晨に起き、夜に思い、公務の余暇孜々吃々として練習を続けた。そして同学の若林、酒井、三田等の人々と会同して、研磨した。

しかし、進歩は予期以上に遅緩だった。殊に私は通常の字で書きなれたため、筆記法の記号で書いていても、いつか通常の字になってしまうので艱苦したが、だんだん練習を重ねるうち、緩やかな話なら記号ばかりで書けるようになった。それと前後して、若林氏も、酒井氏も、やや進境に近づき、練磨さえ積んだら活用ができようという曙光がホノ見えた」

綱紀が教えたのは、自分でも分っているように、完成したものではなかった。従って、教えられたほうは、ただ単に基本的な記号だけを学んだことになる。これでは実用化する速度が全くない。そこで、弟子たちは、綱紀から習った基本記号にそれぞれ工夫をし、創意を加え、独自の改良をして行ったのである。

この辺から、綱紀とその弟子たちとの間には、間隙が起りはじめる。ステノフォノグラフィーは、他の学問のようにそのままの継承ではなく、個人的な創意が勝手に加わるから、その瞬間には、すでにそれぞれが創始者になるのだ。子弟の間を結ぶ靭帯は、何となく切れ易いものになってゆく。それは、弟子どもにとって早晩、師の綱紀を必要としなくなるのであった。


明治二十三年に国会が開設された。それを前にして、その記録をどうするかということは、関係者の間に問題となっていた。当時は、元老院や参議院、府県会などの記録は、書記官や属官が演説を聴いて、その要所を筆記し、のちに整理をするという方法しかなかった。しかし、国会ともなると、要点筆記ではのちに証拠書類として極めて弱い。

そこで、当時ようやく巷間に伝えられた綱紀の日本傍聴筆記法という名前は分っていても、果して、その怪しげな符号で議会の議事が完全に速記されるだろうか、という疑いがあった。

臨時帝国議会事務局では、曾禰荒助が若林玵蔵を呼んで、議事の速記が可能であるかどうかを訊ねた。若林は、必ず出来ます、と答えた。そのほか、いろいろ質問があったが、結局、これを試験することになり、金子堅太郎が一時間半に亙って、欧米議会制度調査報告の演説をした。若林はじめ速記者たちは、二人ずつの組をこしらえて、十五分交替でこれを速記したが、好成績に終って、金子もはじめて信用するようになった。金子はこのとき枢密院議長秘書官で、伊藤博文の下で憲法草案作製に当った。速記者を衆議院と貴族院とに半分ずつ分けて採用したのは、明治二十三年の冬である。

すでに、この頃、若林玵蔵は、自分の養成した仲間を持ち、一派をなしていたことが分る。いや、彼らが議会に進出したことで、日本の速記術は綱紀より離れて、若林らが主流となったのである。

一方、綱紀自身は、この期間には徒らに諸国の放浪をつづけている。京都に行ったり、大阪に行ったり、名古屋、豊橋、岡崎を旅し、郷里盛岡へ帰ったりしている。尤も、この間、京都では木屋町に「大日本記音学会」というのを作ったり、盛岡では「東奥早書学会」などという看板を掲げたりした。どこの弟子も同じことで、最後まで講習に残るのは、最初の何分の一かにすぎなかった。

弟子の若林玵蔵、林茂淳などが中央で活躍しているのに、綱紀が徒らに地方の流浪をつづけていたのは、どうした理由であろうか。

それは綱紀自身の持っている放浪性にももちろん因るであろう。しかし、すでに、綱紀の始めた速記術は時流に取り残されていたのである。綱紀が各地を旅しながら教えていた速記法は、実用的よりも基本的なものだった。こういう点は、実地的に独自の工夫を重ねている若林や林などの若い者には追い付けなかった。感覚的には、綱紀は彼らよりずっと遅れていたと云える。

それでも、綱紀の発明した功労は没することが出来ず、明治二十七年、藍綬褒章を貰い、二十九年には、終身年金三百円を貰っている。

このとき、金子堅太郎は提案者側として次のように演説した。

「……たった一つ私共の議会取調の一行が苦しんだのは、この速記のことでございました。欧米各国みな速記している。この速記しないためにも、もし、何か議論が衝突したときには、速記録に拠って証明するの外ない。ところが、如何せん二十二年の暁のことで、まだなかなか速記も今日の程は上達しておらなかった。田鎖綱紀君の門弟の、この院の速記課に居られる伊藤新太郎君なり、林茂淳君なり、また衆議院の若林玵蔵君などを集めて、さて、こういう大事業の組立は持っておるが、この議会の速記を引受けるか、と言うたら、みな引受けるや否や実は断言し能わなかった。しかしながら、試みに試験をやって貰いたい、と言って、僅か十人余りの田鎖君の弟子がこわごわながらに第一回の議会を引受けた。それで、その前から数度諸所に寄り合いまして、私が演説したのを速記させて試みたらば、多少目的は立ったのでございます。そこで、政府に上申して、どうぞ上下両院の事務局に速記課を置いて、この田鎖氏の旧門弟をもってその速記に出て貰いたいということを要求して、この門弟等の決心によって私が上申したくらいであります。（中略）日本にはイロハと云う四十七文字が有って、この漢語をば繋ぐために速記の出来るのは、田鎖君の発明によって既に毎日こう速記しているのであります。これから議会の演説が速記され、すべての学術と云うものは、日本将来の文学上に一大革新を来すだろうと考えます。それと将来文学上に及ぼす影響と云うものを田鎖君に対して謝さなければなるまいと思います。何卒、成規の許すだけ政府においても年金を下さるようにありたいと思います」

このときも、綱紀は和歌山県を放浪中であった。ひと所に居住定まらなかった彼は、中央から自らを疎外したかたちだった。

金子堅太郎の演説の中にもあるように、議会で活動している主流派は、綱紀の旧子弟であった。彼らはも早、綱紀の現在の子弟ではなかったのである。

藍綬褒章や終身年金のことも、おそらく、若林や林などが金子堅太郎に進言して取り行わせたのであろう。金子あたりから綱紀のことを聞いたのか、伊藤博文は綱紀に

「電筆将軍」の名を与えた。

旧子弟が終身年金（文化功労者に与えられた年金としては彼が第一号であった）の進言をしたのは、旧師が困苦のなかに放浪しているのを見かねたからであろう。提案理由にも、

「岩手県士族田鎖綱紀は不幸にして今や流離困頓の域に陥る」とあるくらいだ。しかし、それは旧恩に謝したと云うよりも、社会的な彼らの優越感がそれをさせたのではあるまいか。

綱紀は、昭和十三年まで生き、八十五歳で死んだ。

死期の迫った病床で、彼は譫言《うわごと》に叫んだ。

「面倒臭いから自殺するんだ。早く短刀を持って来い」

この言葉のなかにも、時流に取り残された創始者の運命に対する彼の忿懣が現れて

いるような気がする。

若林玵蔵が円朝の「牡丹燈籠」を筆記したのは有名だが、この速記文から暗示をうけた二葉亭四迷の口語体小説「浮雲」が出たことも周知の通りである。

サッコとヴァンゼッティ

大岡昇平

大岡昇平《おおおかしょうへい》

一九〇九―一九八八

東京生まれ。作家。京都帝国大学仏文科卒業後、スタンダール研究で知られるようになった。一九四四年応召し、フィリピンの戦場で米軍の捕虜となる。四五年復員。四八年、戦時中の体験を『俘虜記』に書き、横光利一賞を受賞。他、小説に『野火』『武蔵野夫人』『花影』『幼年』『少年』、戦記文学に『レイテ戦記』、評論エッセイに『中原中也』『わがスタンダール』『証言その時々』などがある。

サッコ、ヴァンゼッティという二人のイタリア人を死刑にしたことは、アメリカの裁判史上の汚点として残っている。七年間、法廷の内外で闘争が行われたのも、異例のことだった。殺人事件はさっさと片づけられるのが、陪審裁判の例だからである。一九二七年、両人に最後の判決を言い渡すセイヤー判事は、被告の顔を正視出来なかったと言われる。アメリカ中の知識人はみな被告の味方だった。小説家ドス・パソス、女流詩人ミレー、大学教授フランクフルターが被告の擁護を発表し、外国ではロマン・ローラン、アインシュタイン、アンリ・バルビュスなどの知名人が反対の声明を出した。

二人は無政府主義者だったから、全世界の団体が抗議したことはいうまでもない。日本でも草野心平氏などが抗議文を送った。政権を取ったばかりのムッソリーニまで大統領に抗議したのだが、これらはかえってアメリカ人の自負心を傷つけたかもしれない。

事件はアメリカ諸州の中でも頑迷固陋の誉れ（？）の高い、マサチューセッツで起っていた。特赦を発動すべきかいなかについて、ハーヴァード大学総長ローウェル以下三人の学識経験ある人物が諮問されたが、彼等は裁判手続に遺漏はなかった、従って死刑判決は妥当であると答申した。

「ボストンの街の人々の意見も、右ローウェル委員会のお偉ら方の意見と完全に一致していた」と処刑直前ボストンに行って二人をインタヴューした新聞記者フィル・ストングは書いた。（イザベル・レイトン編『アスピリン・エイジ』〈一九四九年〉に収録された本文による）「少なくとも一般の人々は、二人の被告人は、殺人事件のためではなく、いまわしい政治上の主張をふりまわしたために、起訴されたのだと信じて疑わなかった。奇妙なことには、二人に対する批評が、二人の属していた階級に近づけば近づくほど、悪意にみちたものになることだった。たとえば、本屋の店員にとっては、二人はただ単に『赤』にすぎなかった。ところが煙草屋のおやじとなると、『赤の野郎』となり、タクシーの運転手となると、『赤の糞野郎』になり下ってしまうのである。ボストンの街で、わたしは三十人から四十人の人々にきいてあるいてみたが、そのうち判決に反対したのは、二人にすぎなかった」（木下秀夫訳、一九五一年、岩波

書店）

事件は、フランスのドレフュース事件と共に、裁判に政治がからむと、いつも引き合いに出されるから、多くの読者はその輪郭は知っておられることと思う。四十年前の事件で、捜査には手落ちがあり、現代の日本の警察ほどにも「民主的」ではなかったようである。被害者の一人の死体から抽出された弾丸が、サッコ所持の拳銃から発射されたものであることは、法廷で「立証」された。しかし「いんちきは簡単である」とストング記者は書いている。「死体から出た弾丸を、ぽんと窓からほうりだし、サッコのピストルから新しい弾を発射すればよろしい」被告を有罪にするためには手段を選ばぬ昔の検事が、これくらいのことをやるのは朝飯前だったことは、今日では常識となっている。事件の二年後発見された弾丸が、証拠として法廷へ持ち出されるのは、現代日本の「白鳥事件」ぐらいのものである。

以下は従ってサッコ、ヴァンゼッティ事件の全貌を伝えるのが目的ではない。事件より七年目の一九二七年二月、フェリックス・フランクフルターが「アトランチック・マンスリー」に裁判批判を連載したが、フランクフルターは現在は州高裁判事、当時はハーヴァード大学法学部教授であったから、これは田中長官も許容する「アカデミックな裁判批判」に入るわけである。専門家の書いた裁判批判がどういうものであるかを紹介して、大方の参考に供するのが筆者の意図である。

フランクフルターは自分の論文が数千頁に上る裁判記録に基づいたものであり、記録はいつでも希望者の閲覧に供されることを告げた後、事件の叙述に入る。

「一九二〇年四月十五日午後三時頃、マサチューセッツ州サウス・ブラントリーの製靴工場の会計係パーメンターと守衛ベランデリーが、俸給一万五千七百七十六ドル五十一セント入りの金庫を事務所から工場へ運ぶ途中、二人の怪漢に射殺された。犯行の行われている間に、数人の男を乗せた車が現場に近づきつつあった。犯人はまず車へ金庫を投げ込み、続いて彼等自身も飛び乗った。車は鉄道踏切を越し、全速力で走り去った。二日後、車はかなり離れた林の中で発見された。そこからは小型の車の跡が出ていた」

事件が起った時、ブロックトンの警察は、前年の暮の二十五日、ブリッジウォーターで起った強盗未遂事件を捜査中だった。これらはみなボストンの南部に散在する小さな工場町である。ブリッジウォーターの犯罪も集団で行われ、車を使用していた。そしてどっちの目撃者も、犯人はイタリア人みたいな男だったと言った。

ブリッジウォーターの未遂犯人はコーチェセットの方角へ向ったと言われたので、

スチュアート警部はコーチェセットに住むイタリア人で、車を持つ男を探していた。彼は或るガレージで修理中の車の持主ボーダが、イタリア人であることを見出し、ガレージの主人に彼が車を取りに来たら、署へ知らせるように言いつけた。

一方警部はボーダが以前コアッチという過激主義者と同居していたことを知った。ブラントリーの殺人事件の翌日、警部がコアッチの住居へ行ってみると、コアッチはイタリアへ帰国するため荷造りをしているところだった。

この時はまだ、警部の心中では、彼の大急ぎの出発と殺人事件は結びつけられていなかったが、タイヤの跡が遺棄された車の傍から出ていたと聞いて、それがボーダの車だと思った。彼の推理によると、従ってコアッチが発送したトランクには、盗まれた札束が入っていなければならなかった。（ひと月後イタリアの警察は荷揚港でトランクを開けたが、札束なんか入っていなかった）

スチュアート警部の理論によると、ボーダの車を受け取りに来る人間は、みなブラントリーの殺人事件の容疑者になるのである。五月五日、ボーダのほかに三人のイタリア人が現われた。

その三人のうちの二人がサッコとヴァンゼッティだったわけである。ガレージの主人は口実をもうけて、車を渡さず、警察に電話した。サッコとヴァンゼッティは電車でブロックトンに向い、ボーダともう一人のイタリア人、オルチアーニはオートバイで去った。サッコとヴァンゼッティはその日のうちに電車の中で、オルチアーニは翌日自宅で、逮捕された。ボーダの行方は知られていない。

一九二〇年の春以来、アメリカ全土にわたって検事総長パーマーの指揮の、「赤狩り」の嵐が荒れ狂っていた。第一次大戦の直後、政府は復員軍人に職を与えることが出来ず、社会不安があった。それらはすべて共産主義者、無政府主義者が煽動するからだと政府は言っていた。

ワシントンのパーマー邸の玄関で爆弾が炸裂して、身許不詳の「赤」が死に、五月四日（サッコ達が車を取りに来た前日である）ニューヨークのパーク・ロー・ビルディングで、連邦警察官の取り調べを受けていたサルセードというイタリア人が、十五階の窓から飛び降りていた。サルセードの友人であったサッコ達は、脅威を感じた。五月五日四人のイタリア人がガレージへ車を取りに来たのは、彼等の申立によれば、このためであった。

ところがスチュアート警部のセオリイでは、ブリッジウォーターの未遂事件もブラントリーの強盗殺人も、同じ一派の犯行なのであった。しかしオルチアーニは二つの事件の日、工場で働いていたことがすぐに明らかになった。ストウトンの製靴工場の勤勉な工員であったサッコは、ブリッジウォーターの事件の日は就業していたが、四月十五日には一日の休暇を取っていた。彼はブラントリーの殺人事件についてだけ起訴された。魚行商人のヴァンゼッティは、サッコのような確実なアリバイを持っていなかった。従って二つの罪について起訴された。

二人共、過激分子として、かねて警察に注目されていた人物であった。しかし事件がこれらの政治的犯人の犯行であるというスチュアート警部の理論に、州警察長官は反対であった。長官は両方とも職業的ギャングの手口であると見ていた。それにも拘らず、サッコとヴァンゼッティは九月十四日に起訴され、翌年の五月三十一日、デッダムの裁判所で公判に付せられた。

デッダムはボストン上流社会の人士が住宅を構える静かな町であり、十二人の陪審員は古き独立戦争の愛国心を受けついだ東部人であり、セイヤー判事はそういう由緒正しい家庭の後押しで出世しようという野心を持つ裁判官だった。（フランクフルターはここまでは書いていない。彼は弁護人ムーアは過激主義者の弁護専門の西部人だったから、東部の裁判所の仕来りを知らず、彼が法廷にいるということ自体、被告に不利だったと指摘しているだけである）

サッコとヴァンゼッティは、ひどいブロークン・イングリッシュを話し、よく訊問の意味を取り違えた。法廷の通訳官の挙動が変だったので、弁護側は別に通訳を雇って、通訳を監視しなければならなかった。(この通訳官は後で窃盗罪で逮捕された)

裁判は七週間続き、七月十四日、陪審員は表向き七時間協議して、官給の昼飯と晩飯を食った後(有罪の評決を出すことはきまっていたのだが、慎重に審議をしたとの印象を与えるために官給の食事をしたのである。陪審員の中にはこんな高級レストランで食事をしたことがない者がいた。むろんこんなこともフランクフルターは書いていない)有罪の評決を出した。

二人の不運な被害者が故意に殺されたことには疑いはない。ただサッコとヴァンゼッティが襲撃者であるかどうかだけが問題なのである、とフランクフルターは書いている。そしてこの点について、多くの混乱した証言がなされた。

検察側から五十九人、弁護側から九十九人の証人が法廷に現われたが、検察側の証言は多くの点で矛盾していた。検察側の主張によればピストルを射ったのはサッコであり、その間ヴァンゼッティは運転台に坐っていたことになっていた。二人の被告を四月十五日の朝、ブラントリーで見たと言う証人もいた。鑑定人はベランデリーの死体から抽出された四個の弾丸の一つは、サッコが逮捕された時所持していたコルトと一致すると言った。（裁判の経過から見て、この証言は、裁判の重大な特徴を示している、とフランクフルターは言う）ヴァンゼッティについては、彼が運転台に乗っているのを見たという証人が大勢いた。検事はさらに、逮捕された時出まかせを言ったのは、「罪の意識」があるからで、従って彼等が犯人であると主張した。

弁護側の目撃者は検察側より数も多く、検察側の証人と同じくらい現場を目視し得る場所にいた人達だった。彼等はサッコとヴァンゼッティが、自分の見た犯人とは違うと言った。

アリバイ証人も出ていた。サッコが四月十五日に休暇を取ったのは、彼の陳述によれば、イタリアで最近死んだ父の墓参りに帰国するため、ボストンへ旅券を取りに行ったのである。ボストンのイタリア領事館員は彼がたしかにその日の二時十五分に来たと証言した。ブラントリー、ボストン間は車で一時間の距離である。ヴァンゼッティの顧客の多くが、彼が四月十五日に、いつものように魚を売りに来たと証言した。現場でサッコとヴァンゼッティを見たという検察側の証人は五人いた。

まずサッコについての証言をまとめる。

マリー・スプレーンとフランセス・デブリンは、その時工場の二階で仕事をしていた。銃声を聞いて、窓に駆け寄ると、車が踏切を越して走り去るところだった。六十か八十フィートはなれたところから、時速十五から十八マイルで動く車の中の、見知らぬ人を一秒半か三秒の間、見たわけである。

スプレーン証人「うしろの座席とまえの座席の間にいたのは、わたしよりすこし丈が高い人でした。体重は一四〇か一四五ポンドでしょう。男らしい肉づきのいい男でした。左手も強そうでした」

検事の質問「その左手がなにをしているのを見たのですか」

答「前の座席の背につかまっていました。彼は海軍服のようなグレイのシャツを着て、髭はきれいに剃っていました。額は広く、髪はオールバックで、たしか二インチか一インチぐらい伸びていたでしょう。まつ毛は黒でしたが、顔色は緑がかった白でした」

問「それはあなたがブロックトン警察で見た男と同一人ですか」

答「そうです」

問「間違いありませんね」

答「間違いありません」

しかしスプレーンの驚くべき正確な記憶は、一年の熟考を経たものだったのである。

サッコは逮捕されるとすぐ、一人でスプレーンのいる部屋へ連れて来られた。（むろんこれは違法の面通しである）しかし三週間の後開かれた検視審問（大陪審、起訴不起訴を決定する予備審問、検視裁判とも訳される）では、彼女はサッコを見分けることが出来なかった。

矛盾を突かれて、彼女は最初は速記の誤りだと主張したが、すぐ撤回した。「検視審問で見た被告と、車に乗っていた男を心の中で比べて考えた結果、同じ男だと確信するようになりました」

弁護人の反対訊問「考えた結果とおっしゃいましたね」

答「考えて確信に達したのです」

問「検視審問では観察した通り、つまりあなたが見たまま答えましたね」

答「そうです」

問「ところが、いまは同一人だとおっしゃった」

答「そうです。疑いの余地はありません」

問「それは疑いの余地がない確信というものではありません。あなたは前の証言の時は、よく見る暇がなかったと言っている。なぜ、そう思ったかおっしゃって下さい」

答「彼は車に乗って過ぎて行きました」

問「その時見ただけでしたね」

答「そうです」

問「つまりちらっと見ただけだったんですね」

答「そうおっしゃっても結構です」

ハーヴァード大学の異常心理学教授モートン・プリンス博士はボストン・ヘラルド紙に投書して、六十フィート離れたところから二、三秒見ただけで、髪の長さまで一年後に憶えているのは、心理的に不可能だと書いている。明らかにこれは警察や大陪審で、度々サッコを見た後、考え出された確信であった。

彼女は犯人も強そうな手をしていたと言っているが、実際はサッコの手は常人より小さかった。

第二の証人デブリンも一年後に確信に達した組である。

「最初からこの人だと思いましたが、大切なことなので、言い切るのがこわかっただけです」と彼女は主張した。

工場の一階上で働いていた工員ファガスンも、二人の女とほとんど同じ状景を見たわけである。彼は言った。

「ちょっと見ただけでよくわかりませんが、髭を生やしたイタリア人だったような気がします。うしろの座席に突立って射っていました。鳥打帽をかぶってたかもしれません」
若い製靴工ペルザーも銃声を聞くとすぐ窓を開けて、現場を見たと言った。
問「どれくらい窓際にいましたか」
答「一分ぐらいでしょう」
問「何をしていたんです」
答「見ていたんです」
問「その日ベランデリーを射った人間は、いま法廷にいますか」
答「当人でないかもしれませんが、そっくりです」(サッコを指差す)
問「いま見るのがはじめてですか」
答「無論です」
反対訊問によって、彼はサッコの逮捕の直後、警察に呼ばれたが、サッコを見分けることが出来なかったことがあきらかにされた。
二人の同僚はペルザーがその日銃声を聞くと、窓を開けるどころか、すぐテーブルの下へもぐりこんだと証言した。
ローラ・アンドルースはあまり評判の芳しくない女性だったが、事件の日の朝の十一時頃、工場の門の前に一台の車がとまっているのを見たと言った。「明るい髪の男」（これはたしかにサッコでもヴァンゼッティでもない）が車の中に坐り、もう一人の「色の浅黒い男」が車蓋にもたれていた。彼女は友達のチャンペル夫人といっしょだった。そのまま門を入り事務所へ行ったが、仕事はなかったので、「十五分ぐらいたって」出て来ると、「浅黒い男」が車の下にもぐり込んで、「なんか直している」ようだった。彼女が別の工場へ行く道を訊くと、すぐ教えてくれた。

彼女はサッコの逮捕後、デッダムの拘置所へ呼ばれ、サッコを車の下にいた「浅黒い男」と識別し、法廷でも同じことを繰り返した。

反対訊問「それはもう少し太った人じゃなかったんですか」

答「わかりませんわ。とにかく変な顔の人でした」

問「変な顔って、——親切そうな顔じゃなかった。乱暴者らしかった、って意味ですか」

答「いい男じゃなかったわ」

検事「犯行の話をきいて、どんな気がしましたか」

答「よくわかりませんけど、とにかく車の下にいた男を思い出しました」

ローラといっしょにいたチャンペル夫人は、道を教えてくれたのは、車の下にいた男ではなく、通りすがりのカーキ色の服を着た男だったと言った。
問「ローラ・アンドルース夫人は、その日、自動車のそばにいた男のどれかと話しましたか」
答「いいえ、誰とも話しませんでした」
　商店主ハンリ・カランスキーは七年以来ローラの知合いだった。一九二〇年の五月の或る日、彼女は店の前を通りかかった。
「六時半頃でした。ドアの前の階段の前に腰を下ろしていたら、彼女がやって来ましたから、「おい、ローラ、元気がないじゃないか」と声をかけました。彼女は立ち止って「いやになっちゃうわ。うるさいったら、ありゃしない」と言いました。「なにがうるさいんだね」「警察よ」「警察にひっかかりがあるんかね」「お上はあたしをほっといちゃくれないの。いろんな男を見せて知ってるか、わかるか、ってきくのよ。見たこともない男達ばかりなのにね。しようがないわ。それが仕事なんだから」と彼女は答えました」
裁判長「本官は証人に訊ねたいことがある。貴殿はローラ・アンドルースに偽の証言をさせようとした「お上」の人間が誰であるか、知ろうとしたことはないのか」
答「いいえ、飛んでもない」

問「なぜ、しないのか」

答「そんなこと考えたことありませんや。はっきりした話じゃなかったんです。第一」

裁判長「証人は政府の代表者が一個の女性を使って、人民を鑑別させることに、公共の福祉を見出すと考えるのであるか」

答「そんなこと知っちゃいませんや。あたしはただローラが喋ったから――」

裁判長「その政府の代表者が誰であるか、知った方がよいとは思わないか」(これは大統領をさしていて、アメリカの裁判官が時々証人を威嚇するために使う手である)

答「そりゃあ、そうでしょうね」

裁判長「証人が今日まで、それをしなかった理由を、本官は別に調べることにする」

この訊問は、マサチューセッツの法廷の習慣を知っている者には異様に映ったにちがいない。裁判長はあきらかに法廷の注意を問題の点からそらそうとしており、証人を公共の福祉に反する人物として印象づけようとしているからである。これはこの裁判全体の特徴と関連する。

一九二一年二月、ローラはアパートの自宅において、男に襲われたと訴え出た。捜査に出向いた巡査ジョージ・フェイは次のように述べた。

「私は彼女に暴漢は事件の日、ブラントリーで見た人間ではないかと訊きました。彼女はブラントリーの男の顔をよく見なかったから、わからないと言いました。着衣はどうかと訊いたが、やはりわからないと答えました」

ローラにインタヴューした新聞記者ラブレックも、同じ答えを得た。

五人目の証人、カルロ・グッドリッジは近くの賭博場にいて銃声を聞いたと言った。ドアを開けると、自動車がこっちへ走って来るのが見えた。歩道へ出た時、車に乗った男の一人がピストルを向けたので、賭博場に逃げ込んだ。七カ月後、彼はサッコがその男であったと証言しはじめた。

事件の一時間後、グッドリッジは雇主のマンガナーロのところへ騒ぎを知らせに来たが、犯人の人相についてはなにも言わなかった。この雇主は弁護側の証人として出廷して、サッコ、ヴァンゼッティの逮捕があった後、グッドリッジと事件について話した時のことを証言した。彼はわざわざグッドリッジの店へ行き、犯人の顔を知ってるのなら、警察へ行くべきだ。旅費と手当は出してやると言ったのである。

問「グッドリッジはどう答えましたか？」

答「彼は行ってもむだだ。ピストルを見るとすぐ部屋へ逃げ込んだので、顔はおぼえていないと言いました」

マンガナーロはグッドリッジは近所でもあまり評判のよくない男だと付言した。

賭博場の主人マカズは、事件の直後グッドリッジが、ピストルを持った男は、明色の髪をして、軍服を着ていたと言ったと証言した。事件の一週間後、グッドリッジの髪を刈った理髪師は、彼が男の顔を見なかったと語ったと証言した。さらに二人の証人が同じような証言をした。

サッコに関する証言はみなこの程度のものだったが、グッドリッジの証言には利害がからんでいた。彼が証言台に立った時は、窃盗容疑で有罪の判決を受け、保護観察中の身の上であった。彼の証言が適法のものであることを、後に州高等裁判所が認めたが、証拠法の原則から言えば、弁護の余地のないものである。

グッドリッジはすでに他の州でも犯罪を犯し、逃亡中の人間であった。偽名で証言していたことが、後にあきらかにされた。

ヴァンゼッティに関する証言は、一層脆弱なものであった。検察側が喚問した証人は二人にすぎない。しかしそのうちの一人ドルベアは、事件の数時間前ヴァンゼッティをブラントリーで見たにすぎず、結局現場の証人はルヴァンジー一人であった。

ハンリー・ドルベアは四月十五日の一時から十二時の間に、ブラントリーの町で五人の男を乗せた車を見ていた。その一人がヴァンゼッティだったと言うのである。

反対訊問「車の中で、ほかにあなたの注意を惹いた男がいなかったのですか。その車の仕切りによりかかって、前の人に話しかけてるような男だけが目についたのですか」
答「そういうわけではありません」
　彼がその一人に注意したのは、全部の五人の様子が変だったからだろうと思うと言った。たしかに町の人間ではなく、外国人の引越しだと思った。印象をはっきり言い表わすことは出来ないが、とにかく強そうな奴ばかりで、「変だった」と付け加えた。
問「車に外国人が三人や五人乗ってたって――よし七人乗ってたところで、別に不思議はないと思いますがね」
答「そう言われれば、そうです」
問「この道はよく労働者を現場へ運ぶ車が通るじゃありませんか」
答「そうですね」
　彼は車の前座席に坐っていた男の人相を言えなかった。うしろにいた男に髭があったかなかったかも言えず、帽子をかぶっていたかいないか、もわからなかった。それらはただの「強そうな男」たちであり、彼がヴァンゼッティだったと主張する男しか憶えていないのである。

ルヴァンジーは鉄道の踏切番で、その日その時間に勤務中だった。列車が来たのでバーを下ろそうとしていた時、車が走って来た。一人の男がピストルを出し、通せとおどかした。ルヴァンジーはヴァンゼッティが車を運転していたと言った。

この時通りかかった列車の缶焚きマッカーシーは一時間の後、ルヴァンジーに会っていた。彼は弁護側の証人に呼ばれ、次のように証言した。

「ルヴァンジーは「ピストルで射たれた奴がいるのさ」と言いました。「誰だ」と訊くと、「どっかの野郎が殺されたんだ」「誰がやったんだ」「知らねえ。音がして、自動車が来たから、踏切を下ろしてやろうとしたらよ、ピストルが見えたから、こいつあいけねえと思って、踏切はおっぽり出して、小屋へ逃げ込んだんで、たすかった」見も知らない男ばかりだって言いました。顔を見たかとききますと、ピストルを見ただけで、首を引っこめて小屋へ駆け込んだので、見なかったって言いました」

ルヴァンジーの証言は、車を運転していたのは、明色の髪の若い男だったという検察側のほかの証人とも矛盾していた。ところがヴァンゼッティは黒髪の中年男で、黒い口髭を生やしていたのである。

検事カツマンは論告で言った。

「陪審員諸君、本官はヴァンゼッティが車を運転していたというルヴァンジーの証言が誤りであることを認めます。（中略）しかし彼が誰かを見たのは確かです。（中略）ヴァンゼッティの顔を車の中に見たのです。よし彼の証言が他のものと食い違っているとしても、彼が真実を告げていないと断言することは出来ません。（中略）車は全速力で疾走していました。従ってルヴァンジーが運転席の後にいたヴァンゼッティを、運転していたと見誤ることもあり得るのです。（中略）他の証人の証言によっても、彼が車の中にいたと判断するのは、われわれの常識の命ずるところです。運転手の右側の後、或いはそのすぐ後にいたと考えても、決して不当ではありません」

要するに運転していたのが、明色の髪をした男であったことはあまりにも明らかだったので、検事はヴァンゼッティをうしろの席へ坐らせたのである。しかし三十一人の目撃者が、ヴァンゼッティは車の中にいなかったと証言していた。

アリバイもくさるほどあった。十三人の証人が、事件の当日、ヴァンゼッティがプリマスで魚を売って歩いていたと直接間接に証言した。しかし一九二〇年のアメリカでは、手押車に魚を載せて売り歩く行商は、非合法すれすれの商売と見做されていた。買手も従って貧乏人であり、その証言は法廷で重視されなかった。

しかも彼は魚と一緒に、無政府主義の宣伝ビラも配って歩いていた。これは共産主義よりはずっと無害なものであったが、無論陪審員は共産主義と無政府主義の区別などは知らなかった。

「労働者諸君！　諸君は国家のために戦争をやった。資本家のために働いた。しかし諸君はその代償を払ってもらったか。諸君の過去はどうだった。そして現在は？……こういう問題、生きるための闘争の問題について、バートロメオ・ヴァンゼッティの演説を聞こうではないか。――日――時――において。入場無料、質問自由、婦人同伴歓迎」

こういう無邪気な、善意にあふれたビラを、魚といっしょに受け取った細民窟の住人が、ヴァンゼッティに有利な証言をするのはあたりまえだ、とボストンの上流人士は考えたのである。

目撃者の視認証言というものが、あらゆる証拠の中で、最も信憑度の薄いものであることは、今世紀の初めから、英米の裁判所の注意するところとなった。多くの証人によって、当人と識別され、二度有罪になりながら、最後に無罪となったアドルフ・ベック事件が、イギリス控訴院の設置を促したわけだが、一九〇八年から二十年間に十六度、目撃者の証言は覆されている。

サッコ、ヴァンゼッティ事件は、この不確かさがもっとも露呈された事件である。

証人は全部混乱した情況の中で、はじめて見る外国人について証言していたのである。

証人の一人、ユールはヴァンゼッティを見て、知合いのトニイというポルトガル人だと思ったくらいである。しかも被告はただ一人証人の前に現われ、ブラントリーのギャングに似た服を着せられ、ピストルをつきつける真似までさせられたのである。(帝銀事件の平沢被告は同じことをさせられている)

第一審判決後、セイヤー判事は怪しげな無政府主義者の抗告の権利なんか認めなかったから、事件はこれで終ったかに見えた。知名の弁護士ウィリアム・トムプソンが、或る日この変な事件を調べてみる気にならなかったら、サッコとヴァンゼッティは、さっさと電気椅子に坐らされていたかも知れなかった。

トムプソンは民事専門であったが、とにかく弁護士であり、学者であった。ニューイングランドの旧家の出で、お得意はみんな上流階級だった。彼が収入の源を失うのを覚悟で、二人の「赤」のイタリア人の弁護に乗り出したのは、ただ事件をアメリカの裁判の恥と考えたからであり、彼自身の心の平安のためであった、と新聞記者ストングは書いている。

彼はその専門的知識を動員して、再審要求その他の訴訟中断の手続を、マサチューセッツの州裁判所目がけて、機関銃のように、発射しはじめた。決着に七年間かかり、世界的に有名な事件となって、フランクフルターがアカデミックな裁判批判を行う暇があったのは、ひたすらトムプソン弁護士の努力の結果である。

数多く行われた再審要求や請願の理由の中には、むろん目撃者の証言の不確かさも入っていた。サッコはたしかに車に乗っていなかったという新しい証人の宣誓供述書を伴った請願を却下するために、セイヤー判事は次のように声明するに到った。

「この種の証言は同種、同目的の証拠を積み重ねたものにほかならず、判決を覆す力はないと思量する。なぜなら判決は目撃者の証言を基礎としていないからである。被告人を断罪した証拠は状況証拠であり、法律上「罪の意識」と呼ばれているものである」

セイヤー判事が「罪の意識」によって意味しているのは、四月十五日以後のサッコとヴァンゼッティの行動、特に五月五日逮捕前後の行動である。フランクフルターの仕事は、この点について、検察側の積み上げた証拠を粉砕することである。二人の被告の経歴や性格が問題となるのはこの時である。

事件にはしかしまだ奥があった。つまり被害者の一人の死体から抽出された弾丸の一つが、サッコのピストルから発射されたという検察側の主張である。盗まれた金はどこからも発見されていないから、これはこの事件の唯一の物的証拠である。フランクフルターは新聞記者ストングのように、検事がサッコのピストルで新しい弾丸を試射し、それを死体から出た弾丸とすりかえればいい、というような推測に止ることは一人の学者として出来ない。

さらに別の殺人事件で死刑を宣告されたマディロスという男が、ブラントリーの強盗殺人に自分が加わっていたと言い出したため、事件はさらに紛糾し、セイヤー判事は新しい中立に悩ませられる。

マディロスは捕われた時二千八百ドルを持っていたが、これがブラントリーでとられた金の五分の一に当る。当時、モレリ・ギャングと呼ばれる一団が、ボストン付近を荒し廻っていたが、サッコ、ヴァンゼッティ事件以来、ぴたりと鳴りを静めてしまった。（二人が死刑になるとすぐ出て来て、プロヴィデンスに豪華なホテルをぶっ立てた）

フランクフルターはこの怪しげな死刑囚の告白も一応検討しなければならない。

セイヤー判事のいわゆる「罪の意識」は、四月十五日以後のサッコとヴァンゼッティの行動、特に五月五日逮捕の時ピストルを持っていたという事実が、殺人を犯した人間の後めたさを示しているということであった。二人にそれまで強盗の前科がなく、盗まれた金が二人のポケットになかったということは考慮されなかった。サッコには妻と子供があり、さらに赤ん坊が生れようとしていた。二人の四月十五日以後三週間の生活態度は変らなかったし、仕事にも精出していた。前に引用したヴァンゼッティの演説会のビラは、サッコのポケットにあったものである。殺人犯人がわざわざ人前へ出て演説をぶとうとするだろうか。

不利な証拠にはどんなものがあったか?

一、五月五日、ジョンソンのガレージへ車を取りに行ったイタリア人が四人であったことは前に書いた。すなわちサッコ、ヴァンゼッティ、ボーダ、オルチアーニである。

ジョンソン氏がボーダと応対している間に、細君は牛乳を取って来るという口実で隣りの家へ行き、警察に電話した。サッコとヴァンゼッティは細君について来た。これが怪しい行動に数えられたのだが、二人は戸口で待っていて、細君が電話を終って出て来ると、ガレージへいっしょに帰ったにすぎない。

ボーダの車はまだ一九二〇年のナンバーを取っていなかった。(その頃のアメリカでは年度毎にナンバーをつけ替えていたものとみえる)ジョンソンがナンバーのない車は使わない方がいいと忠告すると、四人は成程と言って引き上げた。

検事の訊問「ボーダが車を取りに来たのですね」

ジョンソン「そうです」

問「ところが車には一九二〇年のナンバーがなかった」

答「そうです」

問「そこであなたはいま車を持ってかない方がいいと言ったのですね」

答「そうです」

問「ボーダはあなたの忠告をもっともと思ったのですね」

答「そんな様子でした」

問「それから少しお喋りをした後で、帰って行ったのですね」

答「そうです」

これだけの証言に基づいて、セイヤー判事は、陪審員に説示した。

「もし被告が一九二〇年のナンバーがないために帰ったのなら、不意に帰ったからといって、後めたい気持があったとは言えないでしょう。しかしもし彼等に後めたい気持があったため、ジョンソン夫人が隣家でしたことを変に思って立ち去ったとすると、これは彼等に後めたい気持があったことを示す証拠だとお考えになるがよろしい」

二、二人はジョンソンのガレージを出ると電車に乗った。電車がブロックトンの町に入ったところで、警官は二人を逮捕した。警官はその時の二人の挙動について、次のように証言した。

「私は電車の前の昇降口から乗り、通路を歩いて二人の前に行きました。「どこから乗ったのか」ときくと二人は「ブリッジウォーター」と答えました。「ブリッジウォーターへなにしに行ったんだ」「友達に会いに行ったんです」「その友達の名は」するとヴァンゼッティは「ポッピイです」と言いました、そこで私は「よろしい。お前達を逮捕する」と宣告しました。ヴァンゼッティは内側の席に坐っていました」

検察官の訊問「内側というのは、通路の側という意味ですか。それとも窓側ですか」

答「窓側です。ヴァンゼッティは手をヒップポケットへ突っこもうとしたので、私は「手を膝の上へ出しとけ」と言いました」

ヴァンゼッティ「うそだ！」

警官「そんな真似をしやがると、一発ぶち込むぞって言ってやりました。車で駐在所へ連行する途中でも、サッコがコートの下へ手を入れようとしましたので、外へ出しておけと注意しました」

問「どの辺に手を入れたんですか」

答「胃の辺です。「ピストルを持ってるか」ときくと「いや、持っちゃいないです」

と言いました。しかしまた同じことをしますから、手を伸ばして、コートの下をさがしましたが、ピストルはありませんでした。「とにかく手を外へ出しとけ。わかったか」と言いますと、サッコは「わかりました」と言いました」

三、駐在所でも、警察でも、検事の前でも、サッコとヴァンゼッティはいつわりの供述をした。彼等は逮捕当日の行動、行った場所、会った人間の名前について、真実を告げなかった。ヴァンゼッティはボーダを知らないとまで言った。

以上の三点が、二人の「罪の意識」の証拠とされたもののすべてである。ピストルを出そうとしたという警官の証言を、二人は強く否定したが、これは情況から見て、理由のあることである。

ブラントリーの強盗殺人は、逃げ道を探すためなら、いつでもピストルを使うたちの人間によって遂行されているのだが、サッコとヴァンゼッティは一人の警官にやすやすと逮捕されている。しかも二人はその時ピストルを持っていたのである。彼等がブラントリーの犯人であるなら、なぜお得意のピストルを使わなかったか。

当時のアメリカではピストルの携行は、それほど異常なことではなかった。サッコは夜警を勤めている間に、ピストル携行の習慣を持つようになっていた。（夜警にはピストルを持たせたと彼の雇主は証言している）ヴァンゼッティが小型自動拳銃を持っていたのは、「物騒な世の中だったので、自衛のため」だった。彼はボストンへ魚行商に行く時は、いつも百ドル近い現金を懐中にするのが常だった。そして当時ボストン付近にはホールドアップが流行っていた。

二人は逮捕当時、警察でうそを言ったことを認めた。無実な人間は捕ってもうそはつかないと言われている。これは多分正しいのだが、二人は彼等が逮捕され訊問される理由と想像したことについては、無実ではなかったのである。彼等は強盗殺人の容疑で逮捕するとは告げられなかった。

弁護人「署長のスチュアート警部がなにをきいたか、思い出して下さい」

ヴァンゼッティ「なぜブリッジウォーターへ行ったか、いつからサッコと知合いになったかときかれました。私が過激主義者であるか、無政府主義者かそれとも共産主義者か、合衆国政府を信用しているか、いないか、ときかれました」

問「四月十五日の犯罪の容疑だとは告げられなかったのですね」

答「そうです」

問（サッコに）「その時あなたはなぜ逮捕されると思いました」

サッコ「過激派事件にちがいないと思いました」

問「過激派ですって」

答「そうです。過激派の一斉検挙です。ニューヨークで大勢あげられたところでした」
問「なぜそう思ったのですか」
答「私は登録労働者ではありませんし、労働階級のために働いていたからです」
問「一斉検挙で捕ったと思わすような言動が署長にあったのですか」
答「そうです。最初にきかれたのは、私が無政府主義者か共産主義者か、社会主義者かということでした」

既に述べたように、一九一九年の暮から、検事総長ミチェル・パーマーの指揮による「赤狩り」と、共産主義シンパの外国人の国外追放が始っていた。その残虐と違法はその後連邦裁判所の調査によって明らかにされている。ボストン周辺は外国人の労働者が多い地区で、恐赤ヒステリイの中心の一つであった。新聞は連日赤の恐怖を語り、対策を論じていた。そしてサッコとヴァンゼッティは、この地方では有名な「赤」だった。

既に彼等の友人の二人は追放されていた。そして追放が単に家を失うことですまないことを彼等は知っていた。前に書いたように、ニューヨークの同志サルセードが数週間前に逮捕されたが、ニュースはボストンの過激主義者に衝撃を与えていた。ヴァンゼッティはニューヨークのイタリア人権擁護委員会へ派遣され、五月二日に帰ったばかりだった。

サッコ「ヴァンゼッティは会合の席で発言しました。われわれの友人、社会主義者であろうと、無政府主義者であろうと、とにかく労働運動に関心を持つ者全部に、直ちにパンフレットを隠すように忠告しなければならないと言いました。サルセードの逮捕の理由は誰も知らないということだし……」

裁判長「誰も知らないなんてことがありますか」

答「とにかくニューヨークでは、そう言われていたのです。サルセードを救うためにボストン周辺の同志は金を送っていたんですが、その金を受領した人間がスパイだったという話でした。だからすぐパンフレットを隠さなければならない。正確にはこうではなかったかもしれませんが、そんな意味のことを、ヴァンゼッティは一時間半も喋ったんです」

そこへサルセードの死の報せが届き、事態は一層急を告げた。これが五月四日だった。次の日四人のイタリア人がジョンソンのガレージへ車を取りに行ったことは既に書いた。

弁護人「こわくなったと言うが、具体的にはなにをおそれたんですか」

答「サルセードは留置場の窓から街路に飛び降りて、自殺したと聞いたからです。少なくとも新聞は飛び降りたと書いています。しかし真相はわからないと思っていました」

問「サルセードの死を知ったのは、いつですか」

答「五月四日です」

恐慌に陥って過激主義者が、パンフレットを安全な場所に運ぶために、車を取りに行ったこと、従って逮捕に際しての彼等の変な行動は、恐怖から出ているというのが、弁護側の主張であった。

二人の証言の真実性をたしかめるために、セイヤー判事が検察側に反対訊問を許したのは、当然の処置であったろう。しかしカツマン検事がサッコとヴァンゼッティの思想を追及して、いかにそれが合衆国の利益に反するかということ、要するに彼等がならず者であり、「赤」であることを、陪審員に納得させようとするに任せたのは、適当ではなかった。少なくともこれはトムプソン弁護士が、その最初の控訴趣旨書のキイ・ポイントにしたことであった。

当時のアメリカほど「赤」を恐れない戦後日本の読者には、その詳細はあまりに退屈だろうから、くわしくは書かないが、とにかく二人が戦争中徴兵を恐れてメキシコに逃げ出した事実、サッコがその息子を、マサチューセッツの誇りであるハーヴァード大学に入れなかった事実（サッコが金がなかったからだと言うと、検事は給費生制度があるではないかと言った）などを、法廷に引き出した。こうしてニュー・イングランドの紳士達の郷土の誇りを傷つけ、愛国心をかき立てようとしたのである。

「陪審員のみなさん、義務を忘れないでいただきたい。（義務とは無論伝統ある州法廷を不良外人の害から守る義務である）男らしく義務を果せ。共に立ち上って下さい」と検事は言った。

「州はみなさんに奉仕を要求しています」とセイヤー判事は言う。「奉仕は御承知のように苛酷なものですが、みなさんには既によき兵士として（第一次世界大戦はすんだばかりであった）アメリカの至高の忠誠心に基づいて、要求に応じられた。忠誠心にまさる英語はないのです」

こういう説示に基づいた裁判は、むろん裁判の名に値しないのだが、とにかくこれが一九二〇年のアメリカ東部の一般的雰囲気だったのである。判事もまた州に忠誠なる説示を行うことにより、恩賞を予期したのだが、これは少し行きすぎで、かえって州に迷惑となった。セイヤー判事は不幸な晩年を送らねばならなかった。

サッコとヴァンゼッティが過激主義を、その「後めたい」行動の理由と申し立てた以上、検事のなすべきことは、その思想的理由を粉砕することであるのは、見易い論理であった。被告の過激主義の答えを誇張することによって、彼は自らの訴因に反していたのである。思想のための「罪の意識」だったなら、ブラントリー強盗殺人の罪の意識の入る余地はなくなるからである。

この点はフランクフルターが特に強調したことであった。

事件はこのように魔女裁判の様相を呈していた。セイヤー判事の説示の半分は、陪審員の愛国心に訴えるのに費されていた。目撃者の混乱した証言は、二十四頁のうち二頁で片づけられ、アリバイについては、十行言及しているにすぎない。

検事が公判に先立って、ワシントンの法務省と連絡していたことが、後にあきらかにされた。サッコもヴァンゼッティもいわゆるブラック・リストに記載されていたが、法務省は逮捕の口実が得られなかった。ブラントリーの事件はまたとない機会だったわけである。

陪審員は理想的に働く場合、裁判所の罰しようという衝動を緩和する役目を果す。しかしもし被告人が人民の福祉一般を脅かすと考えられる場合、彼等の集団的防禦本能は、裁判所の処罰欲よりも強くなることがある。私は陪審制というものは、裁判の専門化を防ぐためにいい制度だと思っているが、政治的事件にあっては、陪審員が極めて暗示にかかり易いのを認めないわけには行かない。

しかしいくら陪審員の愛国心がかき立てられても、被害者ベランデリーの死体から抽出された弾丸が、サッコのピストルから発射されたという鑑定人の証言がなかったら、陪審員は良心の傷みなしには有罪の評決を出せなかったかもしれない。目撃者の証言は一致せず、検事のいわゆる「罪の意識」は要するに解釈にすぎないが、ピストルの弾丸は立派な物的証拠である。

サッコの第一回公判で鑑定人として証言したプロクターは州警察鑑識課長であり、二十年の経験を持つエキスパートであった。証言は次のようなものであった。

検事「あなたは三号弾丸が証拠品のコルト自動拳銃（サッコのピストル）から発射されたかどうかについて、意見をお持ちですか」

鑑定人「はい、持ってます」

検事「どういう御意見ですか」

鑑定人「その弾丸がそのピストルから発射されたこともあり得る consistent with と思います」

このあいまいな証言に基づいて、セイヤー判事は「ベランデリーを死に到らしめた弾丸がサッコのピストルから発射されたのは立証されています」と説示したのだが、プロクター鑑定人は後日、トムプソン弁護士の要請に基づいて、次のような供述をした。

「証言したように、問題の弾丸が三十二口径のコルトから発射されたことはたしかです。（略）しかしサッコのピストルから出たという確信に達することは出来ませんでした。裁判の始まる前に私は私の意見を検事に伝えました。（略）検事は法廷で私に彼のいわゆる致命的な弾丸がサッコのピストルから発射されたという証拠があるかとは訊かなかったし、反対訊問もなかった。検事はそう訊きたかったようですが、その場合、私は宣誓した手前、否定的に答えるほかはない、とがんばりました。だから検事はああいう質問の形にしたのです」

再審要求に協力したプロクター鑑定人の善意は一応認めなければならないが、それは世論が厳しく判決を非難し出してからのことである。それよりも検事と共謀して、肯定とも否定ともとれるあいまいな証言をした行為の方がはるかに重大である。弾丸のすり替えをやらないまでも、検察庁がこういうからくりを使うところであるということを知っておくのは、公共の福祉にとって無益ではあるまい。結局責任は反対訊問を怠った弁護人にあるということが出来る。

カツマン検事は無論プロクターと打ち合せをしたことを否定し、彼の鑑定人の資格に因縁をつけ（再び矛盾）、再審請求は一九二六年五月却下された。

フランクフルターの裁判批判が書かれたのは、前に記したように一九二七年二月である。彼は次のように、その百頁を越す論文を結んでいる。

「これら多くの理由によって、私は再び再審を希望するのである。（略）再審の結果、被告が再び有罪になっても、これまでの判決に基づいて処刑されるよりはましである。事件を調査した心ある人達の心に蟠っている疑惑の影は一掃されよう。無罪になれば、非道が遂に行われなかったことをよろこばぬ者はいないであろう。被告人の人物や、一九二一年にはあんなにうるさかった過激主義論議とは関係なく、私の意見を読者の判断に委ねる」

彼はさらに事件に関係していたと告白した死刑囚マディロスのことにも言及しているが、法廷外のこの種の立証されない記述は、結局は無力である。裁判批判一般が政治の前には最終的に無力であるのは、四十年後の日本と同じである。五カ月たった一九二七年の八月二十三日、サッコとヴァンゼッティの死刑は執行された。軍隊が出動して、刑場とセイヤー判事の私宅を警備し、多くの知識人が留置場へぶち込まれた。

拘置所を訪れた新聞記者に、ヴァンゼッティは言ったそうである。

「こういう目にあわなかったら、私は誰にも相手にされずに、一生をすごしたことでしょう。誰も認めてくれず、ただの貧乏人として死んだでしょうよ。しかしお陰様で、いまは敗残者ではない。すばらしい生涯、大勝利。――こんな大事業は一生かかっても出来るもんじゃない。ところがおれたちは、ひょんな機会で、その大事業を成しとげた。

おれたちの命、おれたちの苦しみ――そんなものはなんでもない。お人好しの靴屋と、貧乏な魚売りが殺されかかっているだけですよ。

しかし、もしあなた方の頭に、ちょっとでも、あたし達のことが浮んだとき、あなた方はあたし達のものなんだ。あたし達の死の苦しみは、あたし達の勝利なんです」

ヴァンゼッティは、おとなしいが、たしかに説得力のある雄弁家だったようである。

悪魔

岡田睦

岡田睦《おかだぼく》
一九三二—
東京生まれ。慶應義塾大学卒。家庭教師などを経て文筆業。三人目の妻と別れた後、生活保護と年金で暮らしている。著書に『賑やかな部屋』『乳房』『ワニの泪』『薔薇の椅子』『明日なき身』がある。

木本先生が庄田正夫くんに彼女の最初の注意を払ったのは、新学期が始ってひと月ばかりたった日のことでした。

その日は朝からやわらかい雨が降っていました。

新学期のはじめの頃は、どの子も少し不安で、わけもなくはしゃいだり、わざと大きな声で友だちを呼んだりする日が続きます。

そんな熱っぽい季節に雨が降ると、彼らは落ち着いた目差しを取り戻します。新しい教科書の活字の大きさが一廻り小さくなっているのをあらためて知ったり、窓の外の記念樹が、埃を洗われた新緑をつけているのに気づくのも、休み時間に校庭へ出られない雨の日のことです。

うす暗くなった教室には電燈がついています。すると、どの組でも先生がいつになくやさしい声で童話を読んでくれたり、お話をしてくれます。

木本先生がおしまいの五時間目に「三年生のむかしばなし」の分厚い本を抱えて教室へ入って行くと、目ざとい子が「おはなし、おはなし」とわくわくした声でみんなに伝えました。まだ若いこの先生は、わざと気難しい顔をして本を開きます。子どもたちは神経質になって、言われないうちに姿勢を正しくし、息をつめてしん、とします。最前列にいるのろまのあべちゃんが筆箱をしまい遅れてガチャガチャやっていると、後の女の子に思いきりどやされました。

「いいわね。じゃ、読むわよ」

先生の涼しい声が流れだすと、すぐに彼らの緊張した空気もほぐれました。彼らは初めから期待していましたから、ちょっとおかしなところがあると、遠慮なくアハ、アハと声をあげました。

最初は先生も、それが本当に話の面白さから出た笑いではないことが気になりました。だが、いつか読んでいる自分に熱中して、彼らの笑いをわざと惹くようになっていました。

「あいたった！　くわいのおとどはドスンとしりもちをつきました」

わッという一層たかい笑声が湧きました。

木本先生も本を置くと、ほころばせた顔をみんなにむけました。子どもたちは先生も笑っていることを確めて笑い、笑っているまわりの子を見てまた笑いました。

そのときです。満足して見渡していた先生の細められた目が、後の隅の庄田くんの顔を捉えました。色のわるい顔をむつっとさせて、庄田くんは先生の装った微笑にじっと目をつけていました。


放課後、教員室に戻った木本先生は早速「児童指導録」を書棚から持ってきました。

「どうしたの」

すぐに隣りの山口先生が、度の強いめがねを受け止めた肉の厚い鼻を突っこんできました。抜け駈けの仕事はできない職場です。

「ううん、お話の時間に笑わない子がいたのよ」と木本先生は静かにこたえます。

「一年生ならそんな子、珍しくないけど、三年にもなって、ちょっと変じゃないかと思って」

「ふうん」

返事だけのんびりしておいて、山口先生のめがねの奥ですばしこく動く目が、木本先生の手許の書類が何であるかを調べます。

「だめだめ。そんなもの見たって何も書いてないわよ」と山口先生はわざと余裕をみせた声をかけます。「事務員一人いるわけじゃなし、誰が一々丁寧に書きこむもんですか。そもそも、育ち盛りの子どもの六年間の記録をこんな用紙一枚の枠の中に押しこむこと自体が不可能よ」

山口先生のお得意の「こと自体が不可能」が出たので、木本先生はひっそり笑って、庄田正夫の項を開きました。

そこに記入されていることの凡ては、「普通」の一語に尽きていました。

家族の欄には庄田くんの両親と本人の三人の名前が記されています。父の職業は「会社員」。註に「父兄の職業は具体的に記入すること」とあります。会社名も書いてないことが、いかにも教育に関心の薄い家庭を連想させます。一年、二年の成績は「3」が多く、当時の出席は「良好」。注意事項の欄は空白になっています。既往症「なし」。嗜好——「特に好きなものもないようである」。行動の記録——「温和。無口である。友人はすくない（一年）……やや不活潑。両親の不在が多く、家庭からの連絡は殆どない（二年）」

小学校の想い出が大人になったある日、あざやかに蘇ってくるのは、せまい教室で歌ったさまざまな四季の唱歌をふと、耳にした時です。

こいのぼりの歌。あの古風な歌詞と爽やかな旋律は、散漫な五月五日の学校行事を飛びこえて、青い空と白い運動靴と浄化されたお節句の意識を誰の心にも呼び起します。

木本先生の組には、五月五日を過ぎてこいのぼりの工作材料が届きました。鯉の輪郭を印刷した画用紙。竿にする細長い木の角棒。吹き流しの色紙。それを目の前が見えなくなるまで両手に積んで学級委員の子たちがそろそろと教室の入口にあらわれると、午過ぎのだらけた空気の中にいた子どもたちはさっと生きた色を目に泛べました。

「遅くなってごめんなさいね」

ＰＴＡの印刷物を抱えてあとからやって来た木本先生が言うと、すぐに剽軽な酒井くんが、

「遅くなってごめんなさいね」と真似ます。

明るい笑いが起り、額ににじんだ汗をぬぐいながら、教師になって二年目の彼女も思わず白い歯を見せます。

材料を配りながら、

「先生、だまっているから、自分でよく考えてこしらえるのよ」と言うと、待ってい

たように一度に物音が起り、熱中した声で教室は充たされます。赤いクレヨンで塗っているうちに興奮して、鱗の線も見えないほど塗り潰している相田くん。和裁用の握り鋏で色紙を截り悩みながら、自分でもおかしくて一人で笑っている澤地さん。細い棒一本切るのに「みんな危いぞ。どけどけ」と怒鳴って、大きな鋸を振り廻している林くん。その中を、一人、一人に直接注意し、教えて行くのが木本先生のやり方です。けれども、あまり止めどもなく騒いでいる彼らの声が、隣りの授業の妨げにならないかと先生はちょっと心配になりました。しかし、彼らのつぶらな瞳がかがやいているのをこわす気にはなれません。

庄田くんはどうしているかしら。

ふと思った先生の目が、何気なく庄田くんの姿を探しました。

木本先生が貧血を起したような顔をうつむけて教員室に入ってきたのは、それから五分もたたないうちでした。

授業中の閑散とした教員室には、のんびりした顔で書類の整理をしている副校長と、早番の組を終えた一年の先生たちが隅でおしゃべりしているだけです。

「ね、どうしてあんな怖いことしたの」

きちんと片づけられた自分の机の前に腰を下すと、木本先生は高ぶってくる声を抑えて庄田くんの無表情な顔を覗きこみました。

庄田くんはぼんやりした目で先生を見返しています。額にまつわりつくように伸びた髪の毛。少しよごれている金ぼたんの夏服。爪垢がたまった細い指。

「ね。言ってくれないの」

「……」

庄田くんの小さい唇は動きません。木本先生はふっと肩で息を一つ落しました。

「木本先生、何かあったの……？」

短い脚にトレーニングパンツをはいて、ドッジ・ボールを抱えた山口先生の上気した頬が入口に現われました。体操の授業は早目に終ります。

木本先生が返事を考えている間に、山口先生の分厚いめがねはもう傍まで来ています。

「見馴れない子ね。おいキミ、いたずらしたのかい」と言うと、山口先生はボールで庄田くんの頭をポンポンと叩きました。庄田くんはむっとした顔を解こうとしません。

「この子、錐で突っかい棒したんです」

「つっかいぼう……？」

「ほら、オッと突っかい棒」と少し節をつけて言って、木本先生は自分の頰を人差指で突いて見せました。名前を呼ばれて振り返ると、待っていた指が突っかい棒になるあの遊びです。

「ああ、それを錐でやったのね。わるいヤツだ」

「それもほっぺたじゃないの。前の子の目のところに錐を持って行って。あ、怖い」

木本先生は両手で顔を抑えました。あのとき背を走った冷たいものをまた覚えたからです。

「で、怪我はなかったの」と職業的な口調になった山口先生の声に、口を重くむすんだ木本先生は蒼い顔を僅かに横に振りました。

「この子の二年の時の受持ちは誰さ」

「中野先生」とこたえ、木本先生はもう一度庄田くんの表情のない小さい顔に強《こわ》ばった視線をあてます。「一年から持ち上げよ」

「ああ、あの先生じゃ駄目だわ。うっかり訊くと必ずはねかえりがあるわよ。自分の教えた子に間違いは絶対ないという信念だから。あたしにはそういう信念を持つこと自体が不可能だな」

山口先生にはとても判って貰えない、と木本先生は自分に言いきかせていました。庄田くんは言葉にはできない何かを確かに潜ませている。

そのことがあってから木本先生は、教室でも校庭でも、気づかれないように時々庄田くんを観察しました。

休み時間になると、庄田くんはみんなと一緒に校庭へ駈けだして行きます。けれども、遊びの仲間には入らないことが多く、つまらない時にやる両手を頭のうしろに組んで、ぼんやりしています。

授業中の態度にもかわったところはありません。ただ、黒板に何か書いているとき、背中に不安を感じて思わず振り返る木本先生に、庄田くんの少し白味のかかった小さい目が瞬間、灼きつくようにむけられていたことが、一、二度ありました。それも、先生の方で意識して庄田くんの視線を捉えたのかもしれません。庄田くんばかりでなく、子どもたちは先生の一挙手、一投足を飽くことなく見つめているものです。

でも、庄田くんの色のわるい顔についている二つの小さい目は、教師の経験の場からだけでは割り切ることができない何かを持っているように木本先生には思えるのです。お話の時間に笑わなかった庄田くんと、錐でオッと突っかい棒をしようとした庄田くんとを結ぶ線は、児童心理のロジックを出はずれたところにあるのかもしれない、と彼女は考えます。その二つの出来事の間を埋めるデータがもう少し欲しいと思いました。

身体検査表を調べてみました。別にわるいところはありません。尤も、一人の校医が二日三日で何百人という子どもの舌を見たり、背中を敲いたりするのですから、山口先生に言わせれば、検査表から一人の子の痼疾を抽きだすこと自体が不可能なのでしょう。

PTAの会費や給食費の納入も滞っていません。

家庭訪問してみようかしら。そのことに考えついたとき、木本先生は胸の奥のくらいものが少し薄らぐ気がしました。

すると、「データ」と名づけることに気おくれを覚えるような出来事が思いがけないところから飛びこんで来ました。

空梅雨で、乾いた空気が教室の中に吹きこんでいても、カリキュラムに忠実にテルテル坊主がずらりと窓に吊るされたある日、木本先生は給食を抜いて、お昼休みの僅かな時間を教員室で過していました。山口先生のグループにつき合って、注文したラーメンが宿直室に届けられるのを待っていたのです。

「せんせい」

町田さんと粕谷さんが緊張した顔を並べて木本先生の傍に立つと声を揃えて言いました。手をしっかりつないでいます。謄写版のインクの匂いとたばこの煙が脅やかすように鼻をつく教員室に、自分から足を踏み入れることは、子どもたちにとってかなりの勇気を必要とします。

「あら、二人そろってどうしたの」

木本先生に見つめられた二人の女の子は、顔を見合わせてまるでゼスチュアのように恥ずかしがってみせます。やがて町田さんが、思いきったというようにオカッパの頭を一つ振ると言いました。

「先生、庄田くんが先生のおべんじょ見てました」

すぐには意味が呑みこめず、ちょっと黙ってしまった先生を見て、粕谷さんが女の子特有の告発者めいた口調で言います。

「三時間目のお休み時間に、庄田くんが先生のおべんじょに入って行ったから、いけないのよって言ったら」と言葉を切って、粕谷さんは同意を求めるように甘えた目差しを町田さんに送ります。「あたしたちのこと、追いかけてきたのよ、ね」

「そうよ、こわかったわね」

「そうよ、あたし、どんどん逃げちゃった」

自分たちの会話を通して話や考えを第三者に伝えるという廻りくどい形式が女の子は好きです。

「それだけなの……?」と訊ねながらも、先生は事態の肌寒さを反射的に感じていました。

「庄田くんたら、先生のおべんじょにまた入って行ったのよ、ね」

「そうよ。あたしたち、なんだろと思ってついて行ったら」

そこでこそっと笑って、二人はまた大げさにはにかんでみせます。

「笑ってないで、ちゃんとお話して頂戴」と先生は声をつよめましたが、あのとき、自分がたしかに用を足していたことを思いだして、頭の中がすっと冷たくなりました。

「そしたら庄田くんがおべんじょの戸のすきまから中をのぞいていました」

暗誦するように町田さんが一息に言い、粕谷さんと顔を見合わせて、ね、とうなずき合いました。

「ちょっと、木本さん」

入口に立った山口先生が目で知らせています。ラーメンが来たのです。グループの女教員たちがさり気ない顔をして、しかも素早く教員室を出て行きました。

「きもとせんせい　こんや6じに
ろくぼくのとこにきてください」

教室にある先生の机の曳出しの中に入っていたその紙片を見たとき、彼女は最初、社会科のゆうびんごっこの名残りかしらと思いましたが、次の瞬間、もしかしたら、と短く息をつめました。庄田くんからの通信かもしれないと思ったのです。

夕日がさしこんでいる放課後の教室は、真黒な雑巾で拭かれた床の匂いがぷん、として、ぞくっとする静かさがあります。

お便所の一件があった日、午後の間もずっと木本先生は庄田くんに話を切りだす機会を見失っていました。一種の気おくれもあったのです。そのまま、文字通りの雑務に追われて今日までの数日を過していました。

下の音楽室で誰かがソナチネをたどたどしく弾き始めました。

木本先生は整理棚から作文の束を取り出して、庄田くんの名前を探しました。

やがて、「おつかい」という庄田くんの作文が見つかりました。それを最前の手紙の紙片と並べたとき、彼女は自分が発見したことを惧れるかのように、誰もいないはずの教室を思わず見廻しました。同じ筆跡だったのです。作文の内容はほかの子と同じように観念的なもので、お使いに行ったらお母さんにほめられた、と書いてあるだけです。

これから家庭訪問してみよう。

彼女は少し後悔に近い気持で思いました。もっと早く行くべきだった。三十分でも雑務から解放されていたら、と唇をかみました。

宿題を一つだすことは、それを翌日六十回見ることになります。どれかしら毎日行わなければすぐに遅れてしまうさんすう、こくご、しゃかいのテスト帳の採点。その得点の統計。その成績のグラフへの書きこみ。一週間の教科別展開案の作成。それに基いた次週の授業予定表のガリ版切り、印刷。地区PTAとの連絡事務。協議会への出席、ボス的主婦たちとの社交。諸会費の開庫、記帳、督促。ホーム・ルームの指導……それに授業です。

「先生、何してんの。早く出て下さい」

とがった声をかけて、山口先生が廊下を通って行きます。「今日は二階の小森先生の教室よ。間違えないで」

三年の担任の先生九人が集まる学年研究会のある日だったのです。主に来週のカリキュラムの打合せですが、そのあとだらだら続くお茶飲みと猥談の途中で席を立つと、翌日、お早うございますと声をかけても、聞こえない振りをする女教員が多い学年です。

家庭訪問は今日は無理だわ。とにかく六時近くなったら、校庭へ出てみよう。ただのいたずらだったらそれにこしたことはないけれど、と彼女は暗い気持で思いました。

女教員の殆どは給食がきらいです。

目方をごまかすために、指で押したへこみがそのまま残るほど湿ったパンや、でこぼこのアルミの容器にとぼとぼ入っている生ぬるい脱脂乳を子どもたちの前で一口か二口喰べるのは、彼女たちにとって毎日の面倒な義務の一つに違いありません。そのくせ、毎週金曜日に開かれる学年研究会恒例のアミダで買った駄菓子は一つ残らず平げるほど食欲は旺盛なのですが。

木本先生も近頃は、ワラ半紙の上に配られた外米のせんべいやごみ臭いまんじゅうを精々頰ばるようになりました。最後まで手にしないと、「あら、木本先生みたいなお嬢さまのお口には、こんなもの合うわけないわね」「きまってるじゃないの。彼氏に買って貰ったケーキじゃないといやなんですって」「わアー聞かせるわね。木本さん、おごってよ」といった調子でやられます。

「はじめましょうか」

学年主任の齋田老先生が口の中でもそっと言うと、最初だけ、みんな神妙に来週の通達事項をメモしたり、予定表の原稿を検討したりします。

木本先生も手だけ忙しげに動かしていましたが、頭の中には庄田くんの小さい顔が泛んだり消えたりしていました。

庄田くんがお話の時間に笑わなかったのは、わたしの読み方が面白くなかったからかもしれない。確かにわざとおかしく読んだところもあった。それだけなら判らないことはない。では、そういう気難しい子は錐で前の子の目を突くものだろうか。又、それを「残忍性」ということで解釈できるだろうか。残忍な子がなぜ、お便所を覗くのか。そして、お便所を覗く子はあたしが読んできかせるお話を面白いと思わないのだろうか。

「先生、聞いてるの」と山口先生が隣りで囁いて、彼女の二の腕をつねりました。飛び上るような痛みがいつまでも残る意地のわるいつねり方です。

眉を寄せてうつむいた木本先生をちら、と見て、齋田先生は聞きとりにくい声で話を続けます。

「これはね、問題だと思うんですよ。たとえばイ、ロ、ハの三つの幾何模様があって、そのうちで一番きれいなものに○をしなさいというんですがね」

どの先生も耳を傾けているようですが、テスト帳の採点や指導書からの展開案の丸写しに余念がありません。議論好きの山口先生だけが何か言いたげに、齋田先生のもぐもぐ動く口を見つめています。

「イが正解で、ロ、ハは誤りだというときね、中にはロやハが本当にきれいだと思って○をつける子もいる。それは感受性の自由であって、そこまで教師が干渉できるものかどうか」

「でもねえ、先生」と山口先生が愉しそうだとしか思えない表情で言葉を入れます。「相手は小学生なんだから、どう見たってきれいに見えるものとそうでないものとを並べてあるわよ」

その通りといった顔つきで齋田老先生は大きくうなずいて、

「ところがね、気まぐれでなく、きれいでないとされている模様を選ぶ子がいるんです」

「それじゃ、図工の評価をすること自体が不可能になるわ。そんな子は異常よ」

「しかしね、異常、普通の区別がまた問題なんですよ」

「あの」と思わず木本先生は言いました。「お話をきかせているとき、みんなが笑うところで笑わない子も異常と言えますか」

「さあ……よく先生の注意を惹くために、そんなことをする子もいますがね……」と齋田先生が語尾を曖昧にして口をつぐむのと、窓際にいた小森先生がぴょこんと立ち上るのと同時でした。

「あら、あの子危いわよ」

小森先生が声をあげ、みんなは窓に駈けよりました。

この二階の教室から見ると、下校時刻を過ぎた夕方の校庭は妙に明るく、空虚な広場です。

「ほら、ろくぼくの上に立っている子」

小森先生の金属質の声が押し黙った一同の間に響きます。

「あの子、あべちゃんじゃない、あなたの組の」と言って木本先生を振り返った山口先生の顔に、かすかな笑いが走りました。

どきっとして木本先生は窓から首を伸ばしました。

ろくぼくの天辺をあべちゃんがそろそろ歩いています。

「声をかけちゃいかん」

齋田先生がひくく言ったとき、木本先生は教室を飛びだしていました。昇降口は全部閉っています。管理室の横の小さな戸口から出て、表の花壇を廻って行かなければなりません。

あべちゃん、歩かないで！

胸の中で叫びながら木本先生ははだしのまま校庭を囲む金網に沿って走りました。校庭を真直ぐ横切ると、それに注意を奪われてあべちゃんが落ちるかもしれないと思ったのです。

ろくぼくの脇の桜の幹の蔭に辿りついた木本先生は、からからになった口で囁くように呼びかけました。

「あべちゃん」

あべちゃんの足が止まりました。精薄児独特の遅鈍な顔に、ゆっくり笑いが泛びます。

「あべちゃん、うまいのね。ちょっと、しゃがんでごらんなさい」

あべちゃんはおとなしくろくぼくの天辺にうずくまります。

「いい？　先生がゆっくり、とお数えますから、それに合わせて降りるのよ。ゆっくりね。あべちゃんできるかな」

慄える声で彼女はひとおつ、ふたあつ、と数えました。あべちゃんは太い手足を熊のようにもこもこ動かして降りてきました。

「あべちゃん」

駈け寄った木本先生は、あべちゃんの肥った両肩に手をかけて息をはずませました。

「どうしたの。どうしてあんなことしていたの」

あべちゃんはうつむいて、運動靴の先で地面に三角をかいています。

「庄田くんでしょう。庄田くんがのぼってごらん、て言ったのね」

「そうよ」

あべちゃんは男の子ですが、女言葉を使います。

「ね、どうして？　どうして庄田くんはそんなこと言ったの」

「あそこ歩いたらね、こんや屋上につれて行ってくれるって言ったのよ」

「あぶないわ」と彼女は呟くように言いました。急に駈けたせいか、体中がくたっとして少し息苦しいのです。「屋上はね、いま上っちゃいけないのよ。ほら、空襲のサイレンを取り外す工事で、東側の柵がないでしょう。月曜の朝の会で、屋上に上りません、て先生とお約束したわね」

「ぼく、上らないわよ」と言うと、あべちゃんはひどくつきつめた顔をしてみせました。

「遅くなったから途中まで送って行きましょうね」

あべちゃんと手をつないで、丘の上の学校から国道へ出る坂道をゆっくりおりて行きながら、彼女は先刻の齋田先生の言葉を思いだしていました。

「……よく先生の注意を惹くために、そんなことをする子もいますがね……」

では、錐で目を突こうとしたのも、わたしの注意を惹くためなのだろうか。だが、庄田くんはなぜ、わたしの注意を惹きたいのだろう。一人っ子で、友だちもすくない庄田くんはさびしがり屋だと言えないこともない。それなら、お便所の件はどうかしら。あの手紙は……？　ろくぼくの天辺をあべちゃんに歩かせたのは？　それに、庄田くんはどこかであべちゃんを監視していたのかもしれない。

「あべちゃん、庄田くんが屋上へ連れて行ってくれるって言ったの、今夜だったわね」

あべちゃんはこっくりします。

「なん時って言わなかった……？」

今度は首を横に振ります。

背後の山の方から昏くなってきて、帯のように港に沿った下の街々に無数の燈がちりばめられ、ゆれています。

「気をつけてかえるのよ」

山の樹々をわたる風の音が坂道を引き返す木本先生の足を早めました。

庄田くんは屋上で待っているかもしれない。わたしに手紙を書いたのだから、わたしがあべちゃんに訊いて、屋上に行くことを知っているに違いない。彼女はそう思うと、急に高まってくる動悸を感じました。


鉄筋コンクリートで、三階建のこの学校の屋上は矩形になっていて、高学年の児童の体操場と遊び場に使用されていました。

木製の階段を登りつめて屋上に出ると、意外に闇は深く、木本先生は夜間管理のおじさんに懐中電燈を借りてこなかったことを少し後悔しました。

耳を澄まします。

それから、金網の柵に沿ってゆっくり歩いて行きました。

東端に戦争中備えつけられたサイレン塔があって、その撤去作業が十年以上たったこの頃、ようやく行われていました。

そこだけ柵が外され、櫓が組まれて、チェインが地上にむかって垂れています。

そろそろ歩いて行って櫓の柱に手をかけ、暗さに馴れた目で屋上を見わたしました。物の動く気配もしません。

「庄田くん」と呼ぶと、その細い声に自分でもちょっと不安になりました。

「庄田くん……先生よ。いらっしゃい」

すると、すぐ横でころころ、と小石の転がる音を聴いたように思ったのです。はっとして左へ一歩を踏みだした途端、足もとの縄が生きたようにぐん、と浮き上って張りました。片足がひっかかり、よろっと上体が前へ泳ぎます。バランスを回復しようと両手が空に踊りました。すると全身が金網の柵がないところからふわっと空中へ倒れます。両足が屋上を離れた刹那、チェインに両手が絡みついていました。

……どうしても声が出ないのです。

チェインにぶら下ったまま、足は垂直な壁に支えを求めて蹴っています。二本のチェインを一緒に摑んでいないと滑車が廻って、落ちます。全身の力を両腕に集めて、少しずつ体を上げて行きました。

屋上の端に顔がやや出ます。素早く片手が縁にしがみつき、続いてもう一方の手も吸われるように縁に移りました。額を縁に押しつけ両肩を怒らせますが、わるい夢の中のように体を引き上げる力が出ません。

自分のものとは思われない嗄れた悲鳴でした。そのときです。僅かに上げた額の前に、庄田くんの顔がふっと寄ってきました。

「あくま！」

彼女は精根をふりしぼって叫びました。

「あくま！」

無表情な庄田くんの顔が目の前に一杯にひろがります。

「先生好き、好き」と泣くように言って、庄田くんは先生の顔をなめだしました。

「う……」

彼女は呻き、顔をがくっと仰向けると、急激に全身の力が抜けて行くのをはっきり意識していました。

「だれか、きて」

異形

北杜夫

北杜夫《きたもりお》

一九二七—

東京生まれ。小説家。歌人斎藤茂吉の次男。旧制松本高校を経て東北大学医学部に進学、精神科専攻。在学中の一九四九年、「百蛾譜」が『文芸首都』に載り、続いて「牧神の午後」などを発表。六〇年『どくとるマンボウ航海記』がベストセラーとなった。同年『夜と霧の隅で』で芥川賞、六四年『楡家の人びと』で毎日出版文化賞を受賞。また、父の斎藤茂吉の生涯を題材にした四部作を刊行し、大佛次郎賞に輝いた。

山は季節をはずれていた。

どこもかしこも秋で、峰々は澄明な大気の中に風化した岩肌をむきだしにしていた。麓は紅葉の盛りで、道をおおう黄ばんだ下草から、勢いよく大きなコオロギが跳ねとんだ。つやつやと黒く光り、ほとんど食欲をそそる跳躍をする。

昨年、戦争が終ってすぐの秋には、喬《たかし》はコオロギを食った。肢《あし》と翅《はね》をもぎ油でいためて食うと、肉はなんとも柔かく、舌の上で上質の脂肪のようにとろける。当時、喬は栄養不良でふらふらしていたが、それでもまだ希望があった。いま、彼のリュックザックは食糧で頼もしく重く、長い間あこがれていたアルプスを目の前にしているのだが、喬の心はうつろだった。

その日、喬は一つの尾根の山頂附近の小屋にたどりついた。お花畠はすでに霜枯れていて、下のほうにおそ咲きの小さな群落がひしがれてかたまっているにすぎない。

喬は岩の折り重なった山頂から、むこうの空が夕映え、鋸歯に似た尾根がくっきりと影絵のように浮きだすのを見た。すぐに夜が来ようとしていた。喬はふと気づいて、もう一方の稜線まで暮れかかった青ざめた大気の中を大急ぎで歩いて行った。そこから下の盆地の灯《ひ》が見えはしないかと思ったのである。しかし、霧が山腹から下を閉ざしていた。一面の雲海が下界と彼を完全に遮断してしまっていた。あきらめて引返しながら、青年に特有の大仰な絶望感を彼は反芻した。番人もいない小屋の一隅でシュラーフザックにもぐりこんだが、いくらも眠りはとれはしなかった。

次の日、喬は相変らず酷薄なまでに晴れあがった空の下を、這松の間の尾根道をたどった。這松の根が小径につきだし、ところどころとうに花を終えたシャクナゲの茂りがある。喬はその葉をむしり、濃い植物の匂いを嗅ぎ、それからまた歩いた。尾根が低まり、うらがれた草地帯に出ると、小さな蝶が一杯いた。蛾に似たセセリチョウの一種で、やがて死んでゆく運命を知っているかのように、目まぐるしく秋の日ざしを茶褐色の翅にむさぼって飛びまわっていた。少なくとも喬にはそんなふうに見えたのである。

人間にはもちろん一人も会わない。この食糧難の時節では、わずか登山季節をはずれれば山にやってくる連中なぞいないのだろう。どこの小屋も番人は下山して閉ざされているにちがいなかった。

　ちょっとしたガレ場の下で喬は昼食をとった。進駐軍の携帯食糧で、小さな肉缶、ビスケット、ジュースの粉、三本入りの煙草のケースまではいっている。それらは大変にうまく、うとましいまでにうまいだけに、喬はかえって味気ない思いをした。食事を終えてから、彼はリュックザックの奥にいれておいた、高等学校の白線をまいた穢い帽子をとりだしてかぶった。このアルプスの土地の、松本の高等学校の帽子である。彼は三年前にこの帽子に松高の徽章をつけ、閑を見ては適当に破いたり白線を汚したりした。この山旅の間だけこれをかぶり、帰るときには綺麗さっぱり捨ててしまうつもりであった。

　夕刻前、まだ夕暮にはかなりの時間のある頃、喬は目当てにしていた小屋を見出すことができた。次の峰にかかろうとする箇所に、トドマツの木立にかこまれて、雪崩《なだれ》よけの石垣と丸太の小屋があった。

　裏手にまわると、そこの戸が半分開いていて、覗くと薄暗い土間に、飯盒やアルミのコップがころがっているのが見えた。自在鉤のかかっている下にはいくらかの粗朶《そだ》がすぐ火をつけられるように積まれている。誰かいるようだった。土間にはいると、釘にかけてある茶色のセーターと穢い手拭などが目についた。

喬は呼んでみた。彼の声は、蜘蛛の巣のはった、あちこち板戸のやぶれている荒んだ小屋にうつろに吸いこまれた。それから彼は少しぎくりとして後ずさりした。小屋の一隅になにか動物の死体があり、よく見るとそれは胴体を切り開かれた野兎で、茶色の毛にくろく血がこびりついているのだった。

もう一度呼んでみた。訳もない焦慮をこめて喬は呼んだ。

返事はない。

喬は背のリュックザックを板の間におろそうとした。と、背後にうごくものの気配がし、ふりかえると、入口に男が一人、くろく立ちはだかっていた。逆光線のため顔立ちは見えず、年恰好すらよくわからず、ただ異様に、まるで初めて見る生物のような感じがした。丸二日間、まったく人間に会わなかったせいもあったろうか。

「ジャガイモを踏むなよ」

そいつは確かにそう言った。その声もどこか尋常でなかった。乱暴な口調のくせに、へんになまめかしい響きがあり、それだけかえって気味がわるかった。

「そら、君、踏んでるじゃないか、足元だよ」

相手はそう言いながらそばに寄ってきた。なるほど喬の足元には手拭をぬって作った袋が口をひらいていて、小粒の、丸まっこい、泥まみれのジャガイモが幾つかころがりでていた。

「ジャガイモしかないんだ。大事なんだぜ」

喬ははじめて、ごく間近にいる相手を眺めることができた。

何のことはなかった。喬と同年輩の、二十歳にはまだなっていない若者であった。人間って奴はしばらく見ないでいると妙な具合に目に映るものだな、と喬は瞬間そんなことを考えた。相手の髪はかなり長く、三カ月は刈っていないようにむさくるしかったが、髭はなかった。幾日も洗わないような汚れた顔のくせに、どことなくぽっちゃりした感じで、着古したとっくり首のセーターやよれよれのズボンがそぐわないように見えた。しかし相手は、ふいに粗野な口調で吐き捨てるように言った。

「なんだ。あんた、松高生じゃないか」

喬はもう一度ぎくりとした。彼は丸い松高の徽章をつけた白線帽をかぶったままだったのである。

喬は反射的にうなずき、慌てて言葉をさがした。「あなたは?」

「俺かい?　俺は山高だよ」相手は古くからの仲間のように喬の肩を叩いた。それでも他所《よそ》の高校ときいて喬はほっとした。「こないだまで、俺、松高の寮にいたんだぜ。君は寮生か?」

喬は首をふった。

「何年だい？」

「一年ですよ」

「文科か」

「理甲」

あやつられたように喬は答えた。返事をしながら、自分が本当に松高の理甲にいるような気もした。

「一年の理甲じゃあ山崎ってのがいるだろ。そら、あの高校オンチの穢ねえ野郎さ。フンドシに蝨《しらみ》がたかったら、奴、慌てて飯盒で煮ちまったってね。俺はあいつの部屋に三日ほど泊ってたんだぜ」

喬は、実はちょっと病気をして、つい先日こちらに来たばかりなので、クラスの者の名前も全部は知らないのだ、と答えた。

「俺は寮の炊事部委員をしてるんだ。花崎三郎っていうんだ。こないだからほかの高校の寮を見せてもらって廻ってるんだが、松本もけっこうエッセンピンチだなあ。こう食うものがねえと女どころじゃないな、どこでも」

喬も名を名乗った。それにしてもこの花崎という男は高校生というより与太者みたいな口をきく。しかし高校生にはそれこそいろんなのがいるからな、と喬は思った。

「すると、ドイツ語はデメさんだろ。あの人も餌はねえかと捜しまわってばかりいて、てんで休講つづきだそうじゃないか」

花崎がいやに松高のことにくわしいので喬はひやりとした。彼も二、三の教師の名は知っているし、学校や寮の様子は前に試験を受けにきたときに見ているから、何とか辻褄はあわせられる。しかしそれ以上のこととなると自信がなかった。

「君、米もってるのか」

だしぬけに、花崎は喬のリュックザックに目をむけてそう訊いた。むしろほっとしながら喬はうなずいた。

「充分あるのか？　よし、今夜は豪遊とゆくか。もう食うものがあやしくなったから、そろそろ山を下りようかと思ってたんだ」

「いつからここにいるんです？」

「もう一週間になるかな。しかし友達言葉で話そうじゃないか。お互いに高校生なんだからな。おまけに米もあるっていうし……」にこりともしないで花崎は言った。その顔はうす汚れているくせに変にぽっちゃりしていて、同時にこれもそぐわないことだったが、一度も顔の筋肉を崩さないのである。頰の肉はいかにも柔かそうなのに、能面に似た無表情がそこにはあった。「俺は山にはいってから米を一粒も食ってねえんだ」

喬は袋からはみでたごく小粒の白っぽく泥の乾いた芋を見、とにもかくにもあけすけに話しかけてくるこの若者に親しみを抱こうと努めた。

「もっとも、俺は兎なんかも食ってたよ」

「兎？」

「ああ。罠にかかってたんだ。小屋の奴が罠をかけたまま忘れてったんだろうな。うまかったぜ。ちょっと蛆《うじ》がわいてたけどな。肉が柔かくって食べごろさ」

喬はさきほど見た血のくろくこびりついた兎の死体を思いだしたが、そちらを見やる気はしなかった。ただ彼は、この目の前にいる若者が、下界と隔絶された山小屋の中で、気の毒な小動物の皮をはぎ、肉片を切りとっているさまを想像した。喬にしたって、少し前まではコオロギとか野草などを食っていたにちがいないが、この想像の光景にはいい気持がしなかった。兎はもちろん食用になる動物だが、この感覚は兎よりも花崎自身のほうに、それをむさぼり食う若者のほうに原因があるようだった。が、そうした気持が花崎のどこに起因するかというと、喬にはもとより突きとめることができなかった。

「食糧は相当あるんだよ」と、喬は無理にその考えから自分を引離すように言った。

それから彼は、気にしていた白線帽をぬぎ、リュックザックから進駐軍の携帯食の箱などを取出してみせた。それは当時にしては最も贅沢といってよい食糧の一つで、喬は勤めの関係からかなり自由に手に入れることができたのである。

「ほう、随分あるな」花崎は手を出して自分で箱を数えた。といっても、別に驚きもせず、相変らず無表情で、信じられないほど冷静な態度だった。

「四つ、五つ、六つ、か。これはなんだ？　味噌か。味噌なら俺も持ってる。これは乾物《ひもの》か。サンマだな。ははあ、タマネギがあるな。こいつがカレー粉で、これが米か。二升はあるな」

花崎は一つ一つ包みを手にとり、まるで自分が手に入れた物品を評価するようにその重さを確かめた。それから彼は、うす穢いくせに変にぽっちゃりとしたその顔と同じ口調で呟いた。

「まあ悪くもねえな。よし、俺はもう三、四日ここにいるよ」

日が落ちると、一万尺ちかい山稜に、漆黒の夜と、底の知れぬ静寂がきた。底冷えのする季節はずれの夜気が小屋をおしつつみ、あちこちの板戸の隙間からおしいってくるようだった。

二人は榾火《ほだび》を前にして、土間の空箱に腰をおろしていた。原始じみた火が揺れうごき、小屋の中に二つのゆらゆらした影を織った。

ぶ厚いとっくり首のセーターを着こんだ花崎はまだ食べていた。彼のがつがつと咀嚼するさまは、野生の動物そっくりで、それはそれで山小屋に似つかわしいと思うのだが、そのくせどこかそぐわぬところがあり、それが何であるか喬にはやはり突きとめることができなかった。花崎は魚の乾物をのみくだして、舌なめずりをした。それから残った飯を、進駐軍の小さなコンビーフの缶に入れ、食べのこりの粕までぬぐうように食べた。真黒にすすけた薬缶——それは小屋のものであった——から湯をそそぎ、ついで三本入りの煙草の箱を乱暴に破った。

「コンビーフはうめえな」

「うまいね」と喬も相槌を打った。

「乾物もうまい」花崎はほそい粗朶を一本焚火から引きだして煙草に火をつけた。煙が沁みるのか目をほそめた。するとその汚れた顔が火であかく染まり、表情のない頬の肉がいかにもふっくらと柔かそうに見えた。「乾物って奴はな、骨に塩がしみてるところが何ともいえんね」

「骨かい」喬は笑った。

「骨だよ。骨を嚙みしめると何ともいえんな。骨がなくちゃ魚はうまくないぜ。獣だってそうなんだよ。兎なんかもな」

そういえば彼の歯は白く丈夫そうで、片方の犬歯が目に見えてとがっているのだった。花崎は煙草をふかく吸いこみ、うまそうに煙をゆっくりと吐きだした。

「チェスターフィールドか。うまいな。君は吸わないのか」

「吸うよ。だが今はいらない」

「この前な、松高の寮の奴と一緒に駅の前でアメ公から煙草を買っていたんだ。ねぎってると変なオッさんが横から出てきてね、そいつが言うには、そんな国辱的なことをするものじゃない、煙草を吸いたかったら俺がやるからと、手巻きを二十本くらいくれたよ。ところが吸ってみると反吐《へど》が出そうになってな。ほぐしてみたら、あんた、ナスビのヘタなんか乾した奴さ」彼は一人で面白そうに笑った。笑うと、とがった犬歯が見え、変に柔かそうな頰の肉がひくひく動いた。

「いやなあ、こんなところで缶詰食って、うまい煙草を吸えるとは思わなかったぜ」

「みんな吸っていいよ」と、言葉とは裏腹のことを考えながら喬は言った。

「まあ大切にしよう」そう言いながら花崎は、キザミのつめてある古びた革のケースを取出すと、その中に残った巻煙草をしまってしまった。

「君、寮にはいらんとすると下宿か」

「ああ」

「どこだい」

「源池の辺だ」喬は乏しい知識をしぼって返事をした。

「どうだい食物《エッセン》は？　米を出すか」

「大豆と半々くらいだね」

「まあいいじゃないか。寮はモロコシのスイトンだからな。俺は一週間泊めてもらったが米の飯は一ぺんも出なかった。みんな校庭のジャガイモをパクってきてやっと生きてるよ。寮なんぞに入るものじゃないな。それにあんなところにいる連中はアナクロニズムの残党ばかしで、魔の山《ツアウベルベルグ》とか称して悦に入ってるのだからな」

喬は曖昧にうなずいた。花崎の話すドイツ語だか高校用語だかは彼にはよく理解できず、そんな話に深入りはしたくなかった。

「で、山高の寮はどうなの」と喬は尋ねてみた。

「似たりよったりだな。俺は六高、四高、富山、と見てきたんだが、寮ってとこは一年以上いるところじゃないな。しかし委員をしてるとそうもいかないんだ。あと一高と浦和くらいに寄って山形に帰らんとな。記念祭の準備もあるし……。ところで松本に下りたら、一日か二日、君の下宿に世話になるぜ」

さすがに喬も厚かましい奴だと思ったが、それより本当にこいつはそういうことをしかねないという心配のほうが先に立った。

「僕はK岳まで縦走するつもりなんだが……」喬は口ごもりながら言った。「明日は早く発たなくちゃ」

「まあいいじゃないか。そう急ぐことはないさ」

「そうも行かないよ」

「まあエッセンはあるんだしな。明日考えようや」相手はまるで喬とパーティでも組んでいるような返事をした。

「予定なんぞ立てようなんて奴は、あかぐろい目の玉だよ」

こんな表現は聞いたことがなかったが、あんがい高校の常用語かも知れないと思って、喬は合点したふりをした。

「さて、外へ出てみるか。それとも寝るかい？」

「外に行ってみよう」と、喬は半ば諦めながら答えた。

戸を開けると、夜気が身をひたした。なんとも冷たく透きとおった夜気で、喬は思わず身ぶるいした。それから辺《あた》りの岩と這松がくっきり照らしだされているのをいぶかしく思い、一歩小屋を踏みだし、お伽話じみて流れる光の中に目を見張った。月が出ていたのである。月は満月にちかく、信じられぬ大きさで、彼方の黒い峰の上にのぼりかけていた。あやしい光が一面に満ち、岩の一部は水銀のように光り、反面かげの部分はどぎつい暗黒で塗りつぶされていた。谷間には雲海がひくく沈み、ねっとりとした鱗《うろこ》のようで、峰々は大洋に頭をつきだした黒い島のように見えた。

二人は小屋を離れ、稜線の上まで岩のなだれの上を歩いた。石が足元でぶつかりあい、そのはっとするような鋭い音を巨大な夜が呑みこんだ。

「寒いね、かなり」喬は思わず身ぶるいした。「月がなんだか……月みたいに見えないな」

「しかしありゃあ月さ」と、花崎は含み笑いをし、鼻をすすった。それがいやに肉感的にひびいた。「君が勝手に化かされたがるんだ」

たしかに喬の感覚は別種の生物になったようで、たとえば夜行性の獣のように月光をむさぼり、セーターから出ている腕に鳥肌が立つのを彼は感じた。

「君は山が好きらしいな」嘲笑するように花崎が言った。

「ああ。でもアルプスは初めてなんだ」

「それじゃ化かされる筈さ」

　喬は相手の顔が月光をあびて異様にあおじろく、それこそ蠟人形のように現実ばなれし、その口が歪みながら動き、その細い目が月光を反射して無機物のように光るのを見た。こいつは本当に人間なのだろうか。あんがい狐か何かが化けているのじゃあるまいか。喬はほんの一瞬真面目にそんなことを思った。

「俺は階段を登るのも莫迦々々《ばかばか》しいな」花崎は相変らず無表情に、肩だけゆりうごかしながらつづけた。「大体こんな所に来るつもりはなかったんだ。それが何かの拍子で登ってきたら、もう一週間になるんだからな」

「やっぱり山はいいと思ったんだろ？」

「ただ腹が立っただけさ。下界にいると俺は大したものなんだぜ。ここじゃ話にもならん。だんだん自分が間が抜けてくるのがわからあね。君が来て俺はすこしホッとしているわけさ」

　耳の奥がじーんと鳴っているようで、それは高山の夜気があまりに稀薄なせいなのか、喬自身の眩暈《めまい》によるものなのか、彼には判断できなかった。

「僕はやはり……山が好きなんだ」自分でもなぜかわからぬうちに喬は言いだしていて、同時に生殖器に関する告白でもするような羞恥を覚えた。「一度だけでもアルプスに登ってみたかった。三年前からそう思っていたんだ」

「もうじきくたばりそうなことを言うじゃねえか」相手は声にならぬ含み笑いをした。「胸《ルンゲ》でも悪かったのか」

「いや」と、喬は口ごもった。「それもあるけど……」

「ふん」と、花崎は突き離すように言った。「あれだけ食うもの持ってりゃあ長生きするさ」

しばらく沈黙があり、月光は狂おしくふんだんにふりそそぎ、薄い星が一つ流れ、岩々は黒く黙《もだ》していた。花崎が言った。

「あんたも山に登りたくて松高にはいった口だな」

「うん」その答えは半分だけ正しいのだが、このとき喬はなんの抵抗もなく首をこっくりさせたのである。

「君と話してると俺はいらいらしてくるよ」花崎はまた肩をゆすった。「変にいらいらしてくるよ。どうしてなのかな?」

相手がこちらを見つめているような気がして、喬は思わずちらと窺ったが、花崎は能面のように無表情な顔を前方にむけているだけだった。その横顔に月光がすべり、なんとなくなまめかしく、案外この男は非常に格式ばった旧家にでも生れたのではないかと、喬はそんなことを考えたりした。

「静かだな」話題を変えようとして喬は言った。

実際、足元の岩からも、横手にひろがる這松からも、峰々のつらなりからも、それらすべてを掩う夜天からも、どんな微《かす》かな音響すら伝わってこず、喬の声もたちまち吸いとられ、そのあとに前にもまして緻密な静寂がおしよせてきた。

「そりゃ静かだ。怒鳴ってみな。甲斐がないから」

「君、怒鳴ってみたのかい？」

おそらくこの隔絶された岩尾根の上で、一人きりで、厖大な夜にむかって大声を立てたりしたら恐ろしくなりはしまいかと喬は思ったのだ。

「そりゃ一週間黙っていることはないさ」

「山彦がするかな」

「山彦？　女の子みたいなことを言うな、君は」花崎は髪が額にたれかかった顔を無表情にこちらに向けた。「知らん人が訊いたらとても高校生とは思わんだろうよ」

喬はひやりとしたが、相手はそのまま立上って言った。「小屋に帰ろうか」

「帰ろう。ずいぶん寒い」と、喬も応じた。

番人が寝るらしい畳のある小部屋に、花崎は四、五枚の毛布を持ちこんで寝床らしいものを作っていた。

「これきり毛布がねえんだ」花崎は腹立たしそうに呟いた。「畜生、何でもおろしちまいやがる。小屋じゅう捜してこのボロ毛布がこれっきりさ」

「僕はシュラーフザックを持ってる」

「用意がいいな」相手は皮肉っぽく言った。「君はなんでも持ってるんだな」

「借物だよ」と喬は答えたが、松本の高等学校にはいって山に登るために、彼は三年前から一切の準備を心がけてきたのである。この寝袋にしても、空襲がひどくなり強制疎開をうける町で、道端に売りにだされた雑多な品物の中から偶然見つけだしたものであった。

「ここのとこに敷けよ」花崎はセーターとズボンのまま毛布にもぐりこんだ。「くっついて寝ないと寒いぞ」

蠟燭を吹き消すと、暗黒がきた。小屋の中央にちかい部屋なので、月光もここまではさしこんでこない。

喬は寝袋の中でぎこちなく身体を動かし、首のところで紐をしめた。

闇がしんしんと冷え、やがて闇の中で首すじを蚤が這い、襟首からもぐりこんでゆくのを喬は感じた。隣りの花崎は静かな呼吸の音だけを立てている。もう眠ったのだろうか。明日になったらどうしよう。もちろん朝食をすましたら出発してしまうのだ。この厚かましい男は一緒に行こうなどと言いだしかねないが、そのときは一人で歩きたいのだとはっきり言おう。

また一匹、蚤が首元を這うのがわかった。それから小屋のどこかで何かのきしる音がし、それが何であるか考えていると、眠ったと思っていた花崎の声がすぐ耳元で言った。

「寒いな、もっとくっつけよ」

背中あわせになってしばらくすると、相手の体温が毛布と寝袋をとおして伝わってくるようだった。喬は窮屈な足をうごかして楽な姿勢をとろうと努めた。

「君、女と寝たことあるか？」ふいに花崎がそんなことを言った。

「ない」と喬は答え、相手の口調から、こいつはきっと女を知っているのだな、と思った。

「女と寝てみたいと思うだろ？」

その声にはおし殺した含み笑いがこめられているようで、喬は相手の能面のような顔が暗闇の中でにやにやと崩れているのではないかと想像した。しかし喬がまだ返事をしないでいるうちに、隣りからは軽い寝息のようなものが聞えはじめた。それは奇妙にやさしい感じで、本当に眠ってしまったのかどうか喬にはしばらく気がかりだったが、やがていつということもなく彼も眠気の中にひきこまれていった。

暁方《あけがた》、雨だれの音を聞いたような気がして、少し慌てて喬は目をさました。花崎は頭から毛布をかぶって身動きもせず寝入っている。喬は起きていき、戸を開けてみた。視界は白一色で、一面に濃い霧がはげしく乱れとんでいた。生きもののように犇《ひし》めきあい、流れ、吹きとんでゆく濃霧である。喬にとっては、途方にくれて見とれるより仕方のない気流の異変であった。

しばらくぼんやり霧の渦巻を眺めてから、喬は土間に火をつくりにかかった。湿りをおびた粗朶はなかなか燃えつかず、いつしか喬は懸命になっていた。

「タマネギの味噌汁がいいな」

思いがけずすぐ背後で声がして、はっとしてふりむくと花崎であった。もちろん彼のほかに人間がいる筈がなく、それにしても一晩たって彼の顔をひょいと見ると、昨日はじめて彼に出会ったときのような、なにかしら尋常でない感じが襲ってくるのはどうしたことなのだろうか。

そんな喬の思いにはおかまいなく、花崎は相変らず図々しく粗野な口調で言った。

「それともカレーでも作るか。朝からカレーを食うとうまいぞ」

「そうのんびりもできないよ」気をとりなおして喬は言った。「こっちは予定があるんだから」

「ほんとに君は高校生らしくないことを言うな」相手はあざけるように喬を見、開けたままになっている戸口から奔流してゆく霧のうごきを見やった。「アルプスは初めてだと言っていただろ。これじゃケルンだって見えねえし、尾根を間違えることうけあいだ。まあたらふく食って待っていることだな。昼までには晴れるから」

「晴れるだろうか」やはり喬には自信がなく、自然と相手に調子を合わせるようになった。

「あんたを騙してみたところでつまらねえよ」

昼まで待つ必要がなかった。あれほど視界をぶ厚く隠していたおびただしい霧がいつのまにか消えはじめた。頂上附近の岩塊がうっすらと浮きでてくると、どこからか日がさしだし、見るまに薄らいでゆく霧の中に小さな虹を現わしたりした。やがて頭上にぽっかりと嘘のような青空が顔をだした。

食事を終えて外に出たころには、空は青一色でまばゆく光線がふりしきり、遠方の尾根の微細な肌まで急に接近したように波うって続いている。これほど視界のきく、これほど透きとおった、これほど眩ゆい大気を喬は想像もしたことがなかった。それは、かぐわしく、かすかに鉱物質と這松の香を含んでいた。

「君は、本当に山が好きらしいな」

喬があかず見とれていると、音もなく花崎が横にきていて、じろじろ喬の顔を窺いながら言った。嘲笑するようでいて、いくぶんいらだったような声だった。

「そりゃあ君、君だって一週間も山小屋にいるのは……」

「山にいたくているんじゃねえよ。俺は逃げてきたのさ」

「誰だって似たようなものだろう」

「あんたにはわからんさ」花崎はにやにやした。「俺はもうつくづく退屈になったよ。君がエッセンをわけてくれれば、今日あたり下りていってもいいな」

「そりゃわけてあげるよ。どのくらい要《い》る？」

「まあ慌てることもない。少し頂上のほうを散歩しようや」

時計を見るとすでに十時近くで、はじめの予定であるK岳の小屋まで行くにはもう遅すぎた。するとその前の小屋までだが、それなら昼に出れば充分である。あまり逆らわずに、とにかくこの若者と別れてしまうことだと考えて、喬は同意した。

花崎は小屋に戻ると、無造作にうす汚ない白線帽をかぶって出てきた。

「帽子をかぶったほうがいいぞ。日が強いからな」

喬は仕方なく自分の白線帽をとってきた。それをかぶると、忘れていた後ろめたい感情が頭をもたげてき、同時にこれからの人生に対する投げやりな気持も湧いてきた。

小石のなだれる斜面をしばらく登り、ついで両側のきりたった尾根道をぶらぶら歩いた。這松が一面に盛りあがるように山腹をおおい、峨々《がが》としたねずみ色の岩とお互いの領分を侵しあっている。岩角に腰をおろして一服つけると、強烈な日光があらためて皮膚をちくちくと刺し、湿った岩の乾いてゆく匂いがそこらじゅうから立ちのぼってくるようだった。

吸いがらを投げ捨ててからも、花崎はまだ黙っていた。この男が何もしゃべらずにじっとしているとかえって不安だったが、といって喬のほうから口をきる気もしない。

「なあ、俺は山は好きじゃあないが」ようやく花崎は、妙に告白するような調子で言った。「とにかく山は俺たちに影響を与えるらしいな」

喬はそっと相手の顔を盗み見た。

「俺は君とこのまま別れてしまっていいわけなんだが、どうもそれじゃあ惜しいような気がして仕様がないよ。これはやはり俺が一週間も人間に会わなかったせいだろうね」

喬はもう一度相手の横顔を盗み見た。案外この男が、柄にもなく普通の高校生なみの観念的な文句でも話しだすのかと思った。それならそれで適当な受け答えをしなくてはならない。

ところが花崎は、まったくだしぬけに、こんな文句を口にしたのである。

「あんた、松高生じゃないのだろ？」

それは詰問するふうでもなく、嘲笑するふうでもなく、たとえば年齢とか趣味を訊くといったようなごくなにげない調子だった。

それでもしばらくの間、喬は返事をすることができなかった。それから、四方の宏大な光景を全身のどこかで感じながら、自分でもふしぎなほど感情を動かさずに答えた。

「ああ」

「俺にはわかるんだよ」表情ひとつ変えずに相手は言った。「君はテンプラさ」

「そうだ」おそまきに気が激してきて、喬は我知らず口早につづけていた。「僕は昔から松高にはいりたかったんだ。三回受けて三度とも落ちたんだ。もう高校なんぞ諦めてるんだ」

「君は坊やだな」花崎は何を考えているのかわからない目つきで喬を見た。「またどうして諦めたんだ」

「いま会社に勤めてる。アメ公の会社で給料はいいんだ。初めは腰かけでもう一度高校を受けるつもりだったけど、会社にはいってみるとそういう気持はなくなっていくよ。僕はもう諦めたんだ。あとはせっせと働くよ」

「それで最後にアルプスにやってきたってわけか、うまいものをうんと持って」

喬はうなずいた。

「その帽子はいつ作ったんだ?」

「うるさいな。もうずっと前だよ」

「可愛いな、あんたは。君のようなのはきっと山を歩いているうちに、ますます可愛くなっていくのだろうな」

「そんなこと知るものか」

「そう昂奮するなよ。君、テンプラだってことがばれて恥ずかしいのか」

「そりゃ嫌な気持だ」

「あんたは純情なんだよ。考えてみな、たかが帽子をかぶって、それも人のいない山の中でさ」

花崎ははじめて親しみのこもった微笑をうかべた。そして、つづけてこう言った。

「安心しな。俺も高校生なんかじゃないからよ」

喬は思わず相手の顔を見あげた。

「だけど俺は、あんたみたいに高校にあこがれているのじゃないぜ」

花崎の能面に似た表情が次第にくずれて、悪戯っぽい筋肉の敏速なうごきが、不意にその顔を極めて人間らしくみせた。昨夜この男のことを狐か何かが化けているのではないかと疑ったことを喬はちらと憶いだした。

「俺はねえ、泥棒なんだぜ」

花崎は面白そうに言って、鼻をすすりあげた。いやに耳にこびりつく音で、それを聞くと、澄みきった大気も峰々のつらなりも急に遠くへ行ってしまったようで、ただ目の前にこの正体のわからぬ若者が、異様なことを言いだして、異様な音を立てて鼻をすすっているのだった。

「冗談いうなよ」

「冗談だって?」花崎はますます愉快そうに、そこでいったん言葉をとぎった。「まあ聞けや。寮あらしなんだよ、俺は。なあ、高校生くらい騙しやすい人間はいねえぜ。相手が高校生と見りゃあ、もう仲間だと思ってやがるんだ。変人が多いから話が少しくらいちぐはぐだって疑ってみることも知らねえしね。飯は食わしてくれる。泊めてはくれる。どこに行ったたって寮歌を歌って迎えてくれらあね。ただ阿呆みたいに議論をふっかけやがるのが悪い癖だが、そういうときにゃムッツリして、とんでもない場ちがいのことを言っておきゃあ、向こうは警句かなんかかと思って考えこんでるよ。俺はもう四つの高校をまわってきたんだが、元手は白線帽一つありゃあいいんだ。学生証なんぞ持ってる寮生はいやしねえ。奴らは拝みたいほどルーズだからな」

「じゃ君は、寮から物や金を盗ってくるのか」

「その町をひきあげるときにな。泊めてくれた連中は駅まで見送ってくれるぜ」

「松本でもやってきたのか」

「松高はまだとってあるんだ。別の事でちょっとヘマをやっちゃってな、今は息ぬきをしてるとこだよ。しかし俺のリュックザックも靴もみんな松高生が貸してくれたんだぜ。実にお人好しどもじゃないか。蒲団がないもんで俺と同衾してさ、それでも気がつかないんだからな」

「そりゃあそうだろう」喬はいくらか憤りをこめて言った。

花崎は妙な笑い方をした。得意で得意でたまらないというふうである。

「俺はそんなことを言っているのじゃないよ」

喬には相手が何を言いだすのか見当もつかず、ただ周囲にくろぐろと日が降りしきり、山巓《さんてん》に固有の香気がたちのぼるのを感じた。

「君はまだ女を抱いたことがないと言っていたな？」

花崎のにやにや笑いは顔一杯にひろがって、もうさきほどまでの無表情さとは似てもつかず、日焼けはしているが薄そうな皮膚の下にはふっくらした脂肪があり、その脂肪層があやしいまでの陰影をその顔に織りなし、いきなり花崎は坐っていた岩から立上ると、眩ゆいほどの秋空からふりしきる光の微粒子をあびて、こちらを見下ろした。

「抱こうと思えば抱けるんだぜ」

笑い顔は極度にひろがり、といって笑い声は立てず、それから彼はセーターをゆっくり脱ぎはじめた。腕をのばし、胸をそらしてすっぽりと脱いだ。

「暑いな。それでも日かげは寒いんだ。これが山なんだよ」

彼はもう一枚、下に着ているとっくり首のセーターをぬいだ。フランネルのシャツ一枚になると、はじめて見るその首はほそく白く、それが日焼けした顔と対照的で、殊に首すじの皮膚はいかにものっぺりと肌理《きめ》がこまかそうに見えた。

「驚かなくってもいいぜ」花崎はふいと笑いを収め、上から喬をのぞきこむようにして言った。「俺は男じゃないんだよ」

喬にははじめ意味がつかめず、まじまじと相手を凝視し、それからわずかに呟いた。

「ばかな！」

「まあ見ていろよ」

花崎はフランネルのシャツまで脱ぎだした。まるでもぎとるように、いらだたしく身体を動かし、なにか或る種の幼虫が脱皮でもするように、その上半身の最後の衣をまくりあげた。すると、白い、実に白い、男のものとはどうしても違うなめらかな胴体が現われた。その胸のところにはぎっしりと布がまいてあったが、そこの部分はあきらかに隆起し、しかし果して布の下におしつぶされた乳房がひそんでいるのかどうか喬にはまだ信ずることができなかった。

「どうだね、君」

花崎はその裸形《らぎょう》を見せびらかすように、前にもまして太い乱暴な声を投げつけた。のっぺりとした首の奥から、どうしてそのような声が出てくるのか喬には理解できなかった。

「そら、よく見るがいい。俺は面白くって面白くってたまらねえよ。世間の奴らは俺が泥棒ってこともわからねえし、まして女だってことも気がつかねえんだ。なあ君、ちょっと触ってみないか？」

花崎は正面にすっくと立ちはだかり、片手で胸に巻きつけた布の部分をさすりながら言った。

「どうだね、俺が女だってことがよくわかったろ」

その言葉はそれにしても男の声で、それだけ異様で、喬は防ぐように弱々しく呟いた。

「ばかな」

「そいじゃあ、もっと見るがいい」

花崎は、またなんとも為体《えたい》の知れぬ笑いをうかべながら、やや横をむき、腰のあたりに手をやった。バンドをゆるめ、そろそろと汚れたズボンを下にずりおろした。ついで、きらきら光る目でじっと喬を窺いながら、股引の紐をゆるめ、これもそろそろと下にずりおろした。すると、くびれた胴から、白い腰がひろがりだした。それはいつ果てるともなく拡がり、そこに強烈な秋の日ざしがふりそそぎ、まばゆく反射して、なおも張りきったまっ白な腿があとからあとから現われてくるのだった。

そうしながら、花崎は含み笑いを始めた。はじめは声にならず、目だけ獣のようにきらきら光らせながらこちらを窺い、やがて太くたけだけしい笑い声をひびかせたと思うと、それは突然ひび割れて、甲高い、ぞっとするような女の笑い声になった。

解説対談――しかし、よく書いたよね、こんなものを

北村薫・宮部みゆき

（『とっておき名短篇』収録の作品について、編者のお二人に語っていただきました。本対談は、作品の内容や結末にも触れておりますので、最後にお読みください。）

北村　今回のアンソロジーはこれまでと少し趣向を変えて、第一部、第二部、第三部というような構成にしました。それぞれテーマを設定してみましたので、そんなところも感じながら読んでいただければ嬉しいですね。

さて、『とっておき名短篇』の第一部は短い物語。「**愛の暴走族**」から始めたいと思います。

宮部　これはエッセイと小説の境の、微妙なところにある作品ですよね。

北村　エッセイですよね。しかし、その中に、実に小説的な要素が入っている。

穂村さんのエッセイには、こういう小説の材料になるようなところがたくさんあります。たとえば、部屋の中にシャボン玉が

浮いていた、いくつもふわふわ浮いていたの……って、すごいよね。

宮部　仲良かったころに、一度だけ一緒にシャボン玉をしたんだと。

北村　引き込まれてしまいますね。

宮部　私は、「引き出しごと返す」というところが、すごくよくわかります。手紙が入っていた引き出しを見るのさえもイヤなんですよね。これも、自分の身の回りでそういうことがあったら、「それ、いただき」という感じのネタですね。

北村　小説の書き手から見ると、とてももったいないように感じてしまう。それぞれで一つ短篇が書けちゃいますから。

家じゅうの箸を畳に刺すところは？

宮部　それはちょっと恐い。でも、自分はこういうときに何をやったかなと考えたら、あんまり笑えないなと思いましたけど（笑）。

北村　穂村さんのエッセイの人気は、見事な妄想力と、独特な物語的要素が入っているところから来るのだと思います。

宮部　タイトルですけど、私だったら「愛の暴走」にしちゃうと思うんですよ。「族」がついたところで、ちょっと救われている、ちょっと笑えるようになっているという気がします。痛いし、恐い話なんですけど、あまり後味が悪くないですよね。

北村　穂村さんのフィルターを通すことによって、穂村さんの劇場の客席で読むという感じになるんだよね。一つの脚色されたものとして。その穂村劇場というのが非常に魅力的です。

宮部　そう、座り心地が良いですよね。

北村　これから後も、短くて何らかの意味で「愛」に関わる作品が集まりました。
　蜂飼さん、穂村さんと私、三人で鼎談《ていだん》をしたことがありまして、どこからが小説で、どこからがエッセイ、どこからが詩かというようなことを話したんですよ。たとえば穂村さんの散文詩には、小説として読みたくなるものがある。そしてですね、蜂飼さんの**「ほたるいかに触る」**ですけれど、優れたショートショートとしてここに採りました。

宮部　私も、これはエッセイじゃなくて、ショートショートだと思いました。

北村　最初の「叔父が死んだ」という一行がなければエッセイなんですよ。これが入ることによって小説になっていると思います。

宮部　なるほど！

北村　「叔父が死んだ」で始めて、叔父はほたるいかの町のそばに住んでいた、とほたるいかを絡めていく。ほたるいかの身投げとかね。そして「食べないでください」と。こういうところが非常に明確に小説的という感じがしました。
　しかし、この展示場の注意書きね、「触らないでください」ならいいけれども……（笑）。

宮部　食べてしまう人もいるんでしょうね。
　水の下にほたるいかの群れがあって、あらゆるものが黙って消えていくというのが、とても印象に残りました。

北村　描写から浮かんでくる世界が非常に面白いですね。

宮部　「三角形にもじゃもじゃと脚を生やしたほたるいか」って、普通は書かないじゃないですか。でも、ここでは「もじゃもじゃ」が正しいですよね。平仮名を多用されていますけど、そこに、ほたるいかみたいな柔らかい、ツルッとしたものを触っている手ざわりがある。「いか」がどこかで片仮名や漢字になると、全然違っちゃいますよね。

北村　「ほたるいかに触らないでください」ではなく「食べないでください」というところから、最後の「あらゆるものが、黙って、消えていく」まで、その土地の、この作品独特の触感といったものがあります。

北村　それと比べて、まさにこれは小説という作品が「**運命の恋人**」です。短いなかで川上弘美的世界が非常によく出ていて、「らしいな」という感じがしました。これは最初に読んだ時から、ずっと忘れられない。

宮部　二五ページに、何気なく「子孫が千人を越えたころ」とあって、ここで一気に現実から離れるんですね。幻想にバーストがかかる。これがパッと書けるようになるまでの修練って、大変なものですよね。

北村　う～ん、修練を超えたものでしょう。

宮部　私は百年経っても書けません。

北村　現実ではない世界の描き方が非常に魅力的ですよね。

宮部　その現実ではない世界が、いかにも異界ですという構成でもない。はっきり線があって、「こういうことをすると異界に入っちゃう」ということではないわけです。だから、行ったり来たりする。恋人がその象徴ですが、向こうへ行ったら随分逞《たくま》しくなって、いい男になって、みたいな感じがまた楽しい。

北村　無理をして作られているものではな

く、自然に滲《にじ》み出てくる感じがあります。

宮部　生活力も案外ありそうだとか。理屈で考えると、「生活力」という言葉が異界に出てくるのはそぐわないだけど、そんなのどうでもいいくらい読んでいて気持ちがいい。

北村　ここでは、恋人の好物が揚げ茄子《なす》なんですよね。

宮部　そうそう、どうして揚げ茄子なの？

北村　たぶん作者も好きなんでしょう。恋人が目の前に立って、立ったまま揚げ茄子をむしゃむしゃ食べる……。

宮部　感覚的なんですよね。説明が要らない。そんな小説を、こんなふうにするりと書くのはすごいことです。

北村　「どうしていた？」と聞くと、「あいかわらずだよ」って。

宮部　会社に行っているしね（笑）。

北村　この流れで読んでいくと、塚本邦雄さんの「壹越《いちこつ》（純白）」はクラシックで、決まりきった感じすらするかもしれない。

宮部　これは、予想どおりのストーリーで、でもすごい、という小説です。

北村　そうなんです。小説を読むという行為はストーリーを追うことだけではないんだよね。それがよく分かる。ここで味わうべきはいわゆる「形」を文章で作り上げる手際の見事さ。

宮部　漢字と平仮名の配分、ルビの打ち方、これ以外にないというぐらい完璧ですよね。

北村　旧字旧仮名になっていますが、これは塚本さんにとって譲れない表現方法だと思います。それも含めて味わっていただきたい。こういうものを読むと、結局小説は言葉でつくられるものなのだなと感じます。

硬い言葉の連鎖によって、この「純白」の世界、氷の世界が作られていく。作品完成のためにはすべてを犠牲にする感じすらします。美のためには斟酌《しんしゃく》しない。氷の世界であるから、「雪白」のファーコートが出てくるのですが、主人公の病気も「白」血病なんですよ。こういう形で病気を使うのは神経を使うところです。私には、ここまで出来ない。しかし、この作品ではすべてを白に捧げている。

宮部　「邪魔者が消えたのに二人きりで滑る折もなく」、もうその辺で、「これは絶対復讐《ふくしゆう》される」と思うんだけど（笑）。書き出しもうまいですよね。ボンッと始まる。

この本（『虹彩和音』）は、他の作品も色を意識して作っているのでしょうか。

北村　全部そういう作品です。色をテーマにした短篇集。私が読んだのは私家版の本だったんですが、『トレドの葵』や『塚本邦雄全集6』にも収録されているようです。

宮部　パッと見たときにわからなかったんですよ。タイトルと色がどう対応しているのか。色はテーマで、タイトルはこっち（壹越）ということですね。

北村　「壹越」は雅楽の調のことです。壹越調といって、十二ある調の一つですね。この作品集のタイトルはすべて雅楽の調から取っているようですが、そういうところも非常に塚本さんらしい。そしてそれぞれに色をテーマとして与えている。

こうしてみると、表現の多様性というものがよくわかると思います。作品に盛られるさまざまな要素があるということです。

宮部　ここまでが、「愛」がテーマということですね。

北村　第二部は特集です。飯田茂実さんの「一文物語集」。

これは二階堂奥歯という筆名を持つ編集者のウェブ日記「八本脚の蝶」で「私は超短編ならこれが一番好きです」と紹介されていました。二階堂さんは若くして亡くなられたのですが、そのときにこの日記が本になり、ポプラ社から刊行されました。その本で私は飯田さんのことを知ったんです。早速買って、非常に独特なものだなと思いました。

宮部　アンソロジーで部分的に「これが好き」というものを取ったときに、よりいっそう輝いて生きるタイプの作品でしょうか。

北村　でもそれをやると、たぶん、みんな選ぶものが違うでしょう。読み手のほうから言えば、誰かがこれは印象に残ったと言うのはいいけれど、それはそれでもうちょっと読ませてほしい。本当なら全部引けばいいけれど、分量的にとてもできないので、今回はこのようにある程度連続体として掲載させていただきました。そのなかで「私はこれが好き」というように読んでいただければと思います。

宮部　これは、どうやってお書きになったのでしょうね。いっぺんに書いたのか、一日一本ずつ書いていったのか。

北村　長篇小説の構想があって、こういう形に落とし込んだということなんですが、普通に考えると、こうはならない。不思議な世界ですね。これだけのものが果てしないかのように書けるということがまたすごい。一つでは「ふ〜ん。面白い感覚じゃん」で終わってしまうのですが、それがこれだけ続いていくところに面白さがあります。

宮部　頭で理解しなくてもいいのだという読み方もできますけど、「理解しなきゃ」と思って一所懸命読むと、コツンとした塊になって読書経験として残るでしょうね。

北村　サーッと読むという感じじゃないんですね。フッと止まってそこで集中して読むと、また違う世界が見えてくる。

宮部　似たような話があったりするけれども、全然違う方向から書かれていますね。

北村　そして非常に個性的ですよ。ショートショートというと、星新一風とか、決まった形というのがあるんです。これは、この短さで非常に個性がはっきりと出ていますね。これは専業作家ではない方ならではの個性です。

宮部　「何かしら?」というような変な話もあるし、一応ストーリーがあったりするんですよね。私、七十三番は丸がついていますが、これは傑作です。決していい話ではないんですけど。

北村　心地よくないんですよ。心地よくないけれども、小説というのは決して、心地よくなるために読むだけのものではない。

宮部　言葉を削ぎ落として、削ぎ落として、残ったものという感じ。豊かなストーリー性が、たった一行でもあるんです。

北村　誠に稀有な書です。

宮部　いろいろな人に「ちょっと読んでみて」と言いたくなる本ですね。

北村　こういう本を読んで思うのは、同じ時代に生きつつ、出会える本と出会えない本があるということです。

宮部　私もこれは北村さんに教えていただかなかったら、絶対に買えなかったものです。本屋さんをブラブラ歩いていて見つかるようなものでは……。

北村　ないですね。私も二階堂さんの本を読まなければ出会えなかった。アンソロジーの意義もそういうところ、知らない作家の本に出会える可能性があるというところにあると思います。

この本はもともと『一行物語集　世界は蜜でみたされる』（水声社）というタイトルで刊行されていましたが、『一文物語集』とタイトルを変えて「e本の本」というサイトで購入できるようになるそうです。ご興味を持たれた方は是非そちらで読んでみて下さい。

北村　続いて第三部は「**酒井妙子のリボン**」から。戸板先生の作品はこの前のアンソロジー（『名短篇、ここにあり』ちくま文庫）で「少年探偵」を取りました。そこでも言いましたが、あれは、私にとって戸板さんのベストではない。優れた短篇というわけじゃないけれど、いろいろ思うところがあって取りました。では、戸板さんの作品で何が印象に残っているかというと、実はこれです。

宮部　「雅楽《がらく》シリーズ」の一つですよね。

北村　雅楽シリーズの竹野記者の単独行動です。でも、この人、いい人という印象だったのですが……。

宮部　いい人ですよ～。すてきなワトソン役で、雅楽先生のことをすごく尊敬しているし、事件の関係者にも優しい人です。

北村　そうすると、その竹野さんが、というその面白さもあるんですよ。

宮部　え～っ、ショック～！　私は認めない。こんなイヤな人じゃな～い（笑）。

北村　男って、そうなんですよ。竹野さんだって油断はならない。例外は、私ぐらいですよ（笑）。

宮部　これは、男のヤキモチの話ですよね。それも、結構後味が悪い。今回集めた短篇のなかで一番後味悪いかもしれないです。こんな若い女優さんをいたぶって……。

北村　ただ、竹野君も彼女が好きなんでしょう？　雅楽シリーズもある程度やってきて、彼もたぶん年を取ったんですよ。だから、寄る年波でこういうことがしたくなったんだね。

宮部　これはパワハラです。北村先生も結構腹黒いところをお持ちなんですね（笑）。

北村　いや、私が悪いんじゃなくて（笑）。意外でしたよ。「ああ、そうか、戸板さんもこんな物語を書かれるんだ」と。

宮部　これは確かに、完成度の高い短篇ですよね。外国の方と一緒に日本のお芝居を観て、みんなで解釈をしあう。専門家からすると見当外れの解釈も、それはそれで納得がいくなあと、こっちは油断して楽しく読んでいるんですよ。こういう芝居の蘊蓄《うんちく》の話だと。そうしたら、最後に……。

北村　してやられちゃうんですよ。

宮部　だって、一度それで心に傷を負っている人じゃないですか。

北村　「私の罪は深い」と書いてありますよね。彼女を愛しているんだよ。愛しているんだから、いいじゃない、ねえ（笑）。

宮部　え〜っ、ダメですよ（笑）。

北村　戸板さんというと、上品でそんなに黒くなかろうという印象がある。そういう人がこういうものを書いているところが、面白いじゃないですか。

宮部　しかも、竹野さん（笑）。

北村　「あきらめるんだね」（笑）。

宮部　あきらめられない！　これは素晴ら

しい短篇ですけど、私は別人として考えます。

北村　しかし、印象に残る短篇ですよね。

宮部　いやあ、忘れ難いですね。そういえば戸板先生にすっごく嫌な短篇があったなって（笑）。

北村　続いて深沢七郎さんの「絢爛《けんらん》の椅子《いす》」です。これは語り口の素晴らしさに尽きる。真に迫ったリアリティで、とても恐い。

宮部　今回読み直して思ったのは、現在起こる無動機殺人のほとんどすべてを説明しているということです。事件を起こしておいて、警察に犯行声明を出したりするところも含めて。殺人が遠い空の星と等価に語られるところがありますよね。「ああ、現代だな」と思いました。

北村　いろいろな意味で変わっていない、人間の悪の本質を描いています。

宮部　思うようにならない世の中が腹立たしい。目立ちたい。そしてやっぱり女性を殺したわけですから、弱い性を手にかけてめちゃめちゃにしたいという嗜虐《しぎやく》性がある。そういうところを、こうも鮮やかに書かれると……。

北村　自白しちゃって、辺りがざわついてハッとして、そこで父親が来て警察の手にかかっていたということがわかる。その辺りも恐いですよね。「ふっふっふ」と笑う。笑うしかない。

宮部　タイトルも絶妙です。「絢爛」という言葉をこういうふうに使うとは。

北村　結局、書き方ですね。不思議な粘着質の文章で、まざまざと感じさせる。テレビだと画面の向こう側から見ているわけですけれども、この文章は、事が起こっている中に、襟首を持たれて事態に引きずり込まれていくという感じがありますよね。

宮部　すぐそばで見ている感じ。また、この親子がね、貧困の連鎖で動けなくなっちゃっている。お父さんも情けないケチな泥棒だけれども、倅《せがれ》は殺人犯になってしまう。悪い意味で進化しちゃっているんですね。

北村　文体そのものがまさに深沢七郎です。何を物語っても深沢七郎になる。

実はこの作品、以前アンソロジーに採ろうとしながら採れなかったことがあります。今回、思いを果たしました。そういう事情もあって深沢作品が二つ続きます。

北村　次の「報酬」で面白いのは、この作品が「課題小説」という形で、テーマをあらかじめ決めて他の作家と競作した作品だったという点です。そのことをご紹介したかった。初出は雑誌『すばる』の一九八二年一月号、テーマが「通り魔」で競作の相手は後藤明生《めいせい》でした。後藤明生は「目には目」という作品を書いています。ちなみに『すばる』の「課題小説」は、深沢七郎との競作という形でこの前後にも何回か企画があって、一九八一年八月号ではテーマが「中学生暴力」で、相手が尾辻克彦。八二年の夏にはお題が「SM」で相手が色川武《たけ》大《ひろ》、という形です。『すばる』でそれをやったところに心意気を感じます。

宮部　これはまさに、人間が通りモノに出会うところを書いた小説だと思いました。ラストの表現がすごい。「どーんと、山へくるまが突っ込んだ。すーっと、魔はドアから出てきた」。文芸誌に載る小説では、こんな文章は出てこないんじゃないかと思っていましたけど、これが大層効果的ですよね。

北村　やっぱり深沢さんだよね（笑）。「さーっと、くるまが曲って」とか。何がいけない、と言ったって、この人がやったらしょうがない。不思議に片仮名を使ったりとかね。

宮部　いや、でも、すごく恐いですね。人間はこうやって魔に出会うんですね。

北村　お題がいい意味で深沢七郎を刺激して、作品が生まれた例だと思います。

宮部　お題が来ると普段開けない、本人が気づいていないような引き出しを開けざるを得ないですからね。私、「ＳＭ」なんてお題をもらったらどうしよう？

北村　人の困るようなお題を出す。それによって扉が開かれた。これの入っている短篇集『極楽まくらおとし図』は、他の短篇集と違った味わいがある。それは「課題」小説が収められているからなんですね。

北村　次の「電筆」は、前から二人で入れたいと言っていました。珍しい作品でもあるし。

宮部　日本の速記術の創始者である田鎖綱《たくさりこう》紀《き》という人の、評伝ですね。私は昔速記者をしていたこともあって、印象深かったです。私が習ったのは、ここに出てくる田鎖式速記術の次世代の、中根式という速記法なんです。

北村　先駆者であり、しかし、いまは忘れられているという人を取り上げるところが清張的ですね。

宮部　速記術がないと言語が育たないとか、講演会がいまは流しっぱなしで、しゃべったとおりに記録できる技術が欲しいとか。「ああ、速記って大切なものだったんだな」と、感動しちゃいました。私も符号は覚えていますけど、いまはほとんど書けないな。ときどき、メモを取るときに単語だけはササッと書くこともありますけど。

北村　この作品が書かれた時代は、『人間・松本清張』（福岡隆著）という本に詳しく書かれています。ちなみに著者の福岡さんは清張の専属速記者をしていた方ですね。

一九六〇年の十月頃、『文藝春秋』別冊の新春特大号に読みきりを頼まれた。ところが、書けない。眉間の皺が次第に深くなった。そばで見かねたこの福岡さんが、日本速記術の創始者、田鎖綱紀のことを書いたらどうかと言った。困っていた松本さんは、この案にすぐ飛びついた。秘書のIさんを自由が丘に走らせ、綱紀翁の孫、田鎖源一君から資料を借りてこさせる。一方、この福岡さんという人がだいぶ前に田鎖綱紀の伝記を書いたことがあって、それも清張に見せる。これらの資料をもとに、業績よりも発明者の宿命、人間性に重点を置き、主流から外されていく孤独な発明者を描いた――と。

宮部　日本の速記術の創始者を清張さんが書いていらしたんですねえ。

北村　天下の松本清張だから、知られていない作品なんか何もないような感じですが、実はこういうものもあったんです。

宮部　これはどこにも収録されていない埋もれた作品ですから、ぜひ。

北村　大松本清張ですから、もちろん短篇に優れた作品が山ほどありますが、こういう珍しいものも読んでほしいですね。

北村　次は宮部さんお勧めの「**サッコとヴァンゼッティ**」です。

宮部　今回、北村先生にお題をいただいたんですよ。「清張さんクラスの大物の書いた、あまりアンソロジーに収録されていない作品」という。そこで思いついたのが、大岡さんの『無罪』という短篇集です。「サッコとヴァンゼッティ」は思想的な偏向というものが裁判の世界まで及んだとき、いかに大きな害悪を及ぼすかということが主題です。

北村　戦前にはいくらでもあったことだろうし、ごく最近も特捜検事の証拠改竄《かいざん》事件があった。裁判システムというのは、人が人を裁くわけだから恐ろしいですね。

宮部　陪審員制度、もしくは裁判員制度で歯止めがかかる場合もあれば、「サッコとヴァンゼッティ」の場合はむしろ、陪審員制度だからこそ拍車がかかってしまったところもあると思います。

北村　リンチ的なね。

宮部　悲しいかな、この二人のためには、ドレフュス事件のときにゾラが弁護に立ったような動きがない。批判はあっても流れを止められなかった。時代の、熱狂の恐ろしさのようなものを感じました。

北村　でも被害者のこの人たちも、結構強い。筋の通った人だからこそ狙われたんでしょうし、私のように軟弱な者からすると、死をも恐れない信条を持った人は、なんか恐いですね。

宮部　雄弁ですよね。

北村　こんなこと言えないよ。こんな目に遭って、しかも無実なのに。こういう人と友達になるといろいろ大変だろうな。「今日は何にする？」「A定食」「A定食でいいのか！」とか(笑)。

宮部　「お人好しの靴屋と、貧乏な魚売りが殺されかかっているだけですよ」。名セリフです。

北村　これは、どんな時代になったらなくなるということでもないし、どんな国家になったらなくなるということもない。我々だってマスコミで書かれれば、きっと「サッコとヴァンゼッティがやったんだ」と思ってしまう。「昔の人って本当に愚かだったんだね」とか、「民主主義の世の中なら、こんなことはないんだけどね」というものでは決してないわけです。

宮部　それを大岡さんらしいピッチで、スクエアに書かれていると思います。

最後のヴァンゼッティのセリフでね、不謹慎ですけど、ナチスでもかつての共産主義でも、極端な思想って人間から雄弁なところを引っ張り出すのかもしれないと思っちゃいました。

北村　「悪魔」は、齋藤愼爾《しんじ》さんが『國文學』の記事「知られざる短篇20」のなかで挙げています。目利きの齋藤さんが仰るならということでいろいろ読んでみたのですが、なかでも「悪魔」は非常に印象に残る作品でした。

宮部　イヤですよねえ、これ。なんでなめるんだろう？　庄田くんという子が危ないというのは最初からプンプン臭うけれども、木本先生を囲んでいる状況も暗い。周りの先生が頼りにならないし、若くてかわいい先生を結構からかっている。先生の打ち合わせ会の後が猥談になるというのも、ねえ。

北村　小学校の実態なんかは、いまとはまた随分違うでしょうけどね。猥談の話は、いまでは通用しないでしょうし。

宮部　短い話ですけど、お友達のあべちゃんという子がろくぼくの上に登らされているのを下ろすところなんか、すごいサスペンスですよね。この先生は、いい先生ですよ。人気者だし。

北村　いい先生でないと、成り立たないですね。

宮部　「女教員の殆どは給食がきらいです」というのも、「おお〜」と思いました。

北村　例えば今ならモンスターペアレンツとか、社会全体が教員を尊敬しないなどの困難な状況があるように、時代、時代にそれぞれ困難な状況や閉塞感があるわけです。この作品には、この時代の閉塞感がリアルに描かれている。

そして、最後が衝撃的です。屋上の端に必死でしがみついていると誰かが寄ってきて……。好みの問題ですが、私個人としては、最後の三行はないほうがいいかなと思いました。「「先生好き、好き」と泣くように言って、庄田くんは先生の顔をなめだしました」でいいんじゃないか。実は、ここで止められるのが小説。この一歩先、たとえば手が離れたところまで写さないと納まらないのが映像表現のような気がします。上か下かということではなく、それが表現方法の特質のような気がしました。

宮部　今回、感想を書きこむために付箋を貼っていきましたけど、この作品には「いやはや」としか書いていません。丸も点もなしで「いやはや」だけ。ビックリマークもなしです。

北村　しかし、よく書いたよね、こんなものを。先生は両足が屋上を離れていて、額を縁に押しつけ、両肩を怒らせているけど、体を引き上げる力がない。もう落ちちゃうというところで、「先生好き、好き」（笑）。

宮部　アハハ、イヤだな～。「先生なんか嫌い」よりイヤだな～。

北村　泣くように言ってなめだすんですよ。なめちゃいたいほど好きなんですね。この場面は非常に小説的。そして非常にリアル。ただ、読み方としては「異常な生徒がいました」ではなく、ある一つの情念を書いたものとして読んだほうがいいような気がします。

宮部　人間の中にある悪のカケラが、たまたまこの男の子の形で出てきたということですね。

北村　最後は北さん、「異形」ですね。

宮部　これがまたまた「いやはや」だ！

北村　どうでした？

宮部　傑作ですよ。鳥肌が立つような感じです。正統派の山岳怪談ですね。最初からこの男は変だけど、実は……（笑）。

妙に食べ物が美味しそうなんですよね。山で食べるものが。「うとましいまでにうまい」というのが、ぞわりと上手いと思いました。

北村　ちょっと懸念するのは、この作品の魅力的なところが、いまの読者にはわかりにくいかもしれないというところです。たとえば、食べ物もそうだし、それから、男と女の関係にしてもそう。主人公は女性の体を見たことがないんですよ。いまのように、大学生にもなればイチャイチャするのが当たり前という時代ではないことを頭に置いて読む。例えば、私が高校生のときにこれを読んだら、「君はまだ女を抱いたことがないと言っていたな?」とか「抱こうと思えば抱けるんだぜ」というところは、すごく衝撃的だったと思いますね。

宮部　何も恐いことが起こっているわけじゃないんですけどね。

北村　それは性に対する恐怖というのもあるわけ。あまりに性が解放された時代になってくると味わいにくくなるかもしれないという懸念はあります。ただ、この力量は冠絶していますね。

宮部　「可愛いな、あんたは……」のところは、最初に読んだときは面白い台詞だと思いましたけど、結末まで読んでからもう一回読むと、「気味悪いな~」と思いますよね。

北村　女は恐いですよ。

宮部　ずっと読んでいって、テンプラ学生だと見抜かれる辺りからだんだん雲行きが怪しくなるじゃないですか。でも、最後の三ページのオチのつけ方は想像もつきませんでした。人間じゃないというほうに持っていくと思ったんですよ。山岳怪談だけど、お化けは全然出てこないんですよね。

北村　いまよりも抑圧されている時代の、知られざる性に対する恐怖がある。

――いやあ、どの時代でも女性は異形ですよ。

北村　いまのは括弧して「編集者」と入れてください。私が言ったんじゃない(笑)。

宮部　今回は恐怖小説集をつくろうとしているんじゃないかと思うぐらい、恐い作品が多いですよね。

北村　そして、それぞれにまた小説の面白さがあるわけです。

(於　山の上ホテル　2010.9.28)

『名短篇ほりだしもの』に続く。

本書に収録した作品のテクストは左記のものを使用し、表記は一部を除いて新漢字・現代仮名遣いとしました。なお、今日の人権意識に照らして不適切と思われる表現が含まれていますが、時代的背景と作品の価値を考慮し、そのままとしました。

愛の暴走族――『本当はちがうんだ日記』（集英社）
ほたるいかに触る――『秘密のおこない』（毎日新聞社）
運命の恋人――『おめでとう』（新潮文庫）
壹越――『虹彩和音』（私家版）
一文物語集――『一行物語集 世界は蜜でみたされる』（水声社）を改題
酒井妙子のリボン――『浪子のハンカチ』（河出文庫）
絢爛の椅子――『深沢七郎集 第二巻』（筑摩書房）
報酬――『深沢七郎集 第六巻』（筑摩書房）
電筆――「別冊文藝春秋」一九六一年一月号
サッコとヴァンゼッティ――『無罪』（新潮文庫）
悪魔――「新潮」一九五八年十二月号
異形――『北杜夫全集 第二巻』（新潮社）

本書は文庫オリジナル編集です。

沈黙博物館 小川洋子

「形見じゃ」老婆は言った。死の完結を阻止するために形見が盗まれる。死者が残した断片をめぐるやさしくスリリングな物語。（堀江敏幸）

星間商事株式会社社史編纂室 三浦しをん

二九歳「腐女子」川田幸代、社史編纂室所属。恋の行方も友情の行方も五里霧中。仲間と共に「同人誌」を武器に社の秘められた過去に挑む!?（金田淳子）

つむじ風食堂の夜 吉田篤弘

それは、笑いのこぼれる夜。――食堂は、十字路の角にぽつんとひとつ灯をともしていた。クラフト・エヴィング商會の物語作家による長篇小説。

通天閣 西加奈子

このしょーもない世の中に、救いようのない人生に、ちょっぴり暖かい灯を点す驚きと感動の物語。第24回織田作之助賞大賞受賞作。（津村記久子）

この話、続けてもいいですか。 西加奈子

ミッキーこと西加奈子の目を通すと世界はワクワク、ドキドキ輝く。いろんな人、出来事、体験がてんこ盛りの豪華エッセイ集！（中島たい子）

君は永遠にそいつらより若い 津村記久子

22歳処女。いや「女の童貞」と呼んでほしい――。日常の底に潜むうっすらとした悪意を独特の筆致で描く。第21回太宰治賞受賞作。（松浦理英子）

アレグリアとは仕事はできない 津村記久子

彼女はどうしようもない性悪だった。すぐ休み単純労働をバカにし男性社員に媚を売る。大型コピー機とミノベとの仁義なき戦い！（千野帽子）

まともな家の子供はいない 津村記久子

セキコには居場所がなかった。うちには父親がいる。うざい母親、テキトーな妹。まともな家なんてどこにもない！　中3女子、怒りの物語。（岩宮恵子）

こちらあみ子 今村夏子

あみ子の純粋な行動が周囲の人々を否応なく変えていく。第26回太宰治賞、第24回三島由紀夫賞受賞作。書き下ろし「チズさん」収録。（町田康／穂村弘）

さようなら、オレンジ 岩城けい

オーストラリアに流れ着いた難民サリマ。言葉も不自由な彼女が、新しい生活を切り拓いてゆく。第29回太宰治賞受賞・第150回芥川賞候補作。（小野正嗣）

冠・婚・葬・祭　中島京子

人生の節目に、起こったこと、出会ったひと、考えたこと。冠婚葬祭を切り口に、鮮やかな人生模様が描かれる。第143回直木賞作家の代表作。（瀧井朝世）

とりつくしま　東直子

死んだ人に「とりつくしま係」が言う。モノになってこの世に戻れますよ。妻は夫のカップに弟子は先生の扇子になった。連作短篇集。（大竹昭子）

虹色と幸運　柴崎友香

珠子、かおり、夏美。三〇代になった三人が、人に会い、おしゃべりし、いろいろ思う一年間。移りゆく季節の中で、日常の細部が輝く傑作。（江南亜美子）

星か獣になる季節　最果タヒ

推しの地下アイドルが殺人容疑で逮捕!? 僕は同級生のイケメン森下と真相を探るが――。歪んだピュアネスが傷だらけで疾走する新世代の青春小説！

ピスタチオ　梨木香歩

棚（たな）がアフリカを訪れたのは本当に偶然だったのか。不思議な出来事の連鎖から、水と生命の壮大な物語「ピスタチオ」が生まれる。（管啓次郎）

図書館の神様　瀬尾まいこ

赴任した高校で思いがけず文芸部顧問になってしまった清（きよ）。そこでの出会いが、その後の人生を変えてゆく。鮮やかな青春小説。（山本幸久）

マイマイ新子　髙樹のぶ子

昭和30年山口県国衙。きょうも新子は妹や友達と元気いっぱい。戦争の傷を負った大人、変わりゆく時代、その懐かしく切ない日々を描く。（片渕須直）

話虫干　小路幸也

夏目漱石「こころ」の内容が書き変えられた！ それは話虫の仕業。新人図書館員が話の世界に入り込み、「こころ」をもとの世界に戻そうとするが……。

包帯クラブ　天童荒太

傷ついた少年少女達は、戦わないかたちで自分達の大切なものを守ることにした。生きがたいと感じるすべての人に贈る長篇小説。大幅加筆して文庫化。

うれしい悲鳴をあげてくれ　いしわたり淳治

作詞家、音楽プロデューサーとして活躍する著者の小説＆エッセイ集。彼が「言葉」を紡ぐと誰もが楽しめる「物語」が生まれる。（鈴木おさむ）

尾崎翠集成（上・下）　尾崎翠　中野翠 編

鮮烈な作品を残し、若き日に音信を絶った謎の作家・尾崎翠。時間と共に新たな輝きを加えてゆくその文学世界を集成する。

クラクラ日記　坂口三千代

戦後文壇を華やかに彩った無頼派の雄・坂口安吾との、嵐のような生活を妻の座から愛と悲しみをもって描く回想記。巻末エッセイ＝松本清張

貧乏サヴァラン　森茉莉　早川暢子 編

オムレット、ボルドオ風茸料理、野菜の牛酪煮……。食いしん坊茉莉は料理自慢。香り豊かな〝茉莉ことば〟で綴られる垂涎の食エッセイ。文庫オリジナル。

紅茶と薔薇の日々　森茉莉　早川茉莉 編

天皇陛下のお菓子に洋食店の味、庭に実る木苺……森鷗外の娘にして無類の食いしん坊、森茉莉が描く懐かしく愛おしい美味の世界。（辛酸なめ子）

ことばの食卓　武田百合子　野中ユリ・画

なにげない日常の光景やキャラメル、枇杷など、食べものに関する昔の記憶と思い出を感性豊かな文章で綴ったエッセイ集。（種村季弘）

遊覧日記　武田百合子　武田花・写真

行きたい所へ行きたい時に、つれづれに出かけてゆく。一人で。または二人で。あちらこちらを遊覧しながら綴ったエッセイ集。（巖谷國士）

わたしは驢馬に乗って下着をうりにゆきたい　鴨居羊子

新聞記者から下着デザイナーへ。斬新で夢のある下着を世に送り出し、下着ブームを巻き起こした女性起業家の悲喜こもごも。（近代ナリコ）

私はそうは思わない　佐野洋子

佐野洋子は過激だ。ふつうの人が思うようには思わない。大胆で意表をついたまっすぐな発言をする。だから読後が気持ちいい。（群ようこ）

神も仏もありませぬ　佐野洋子

還暦……もう人生おりたかった。でも春のきざしの蕗の薹に感動する自分がいる。意味なく生きても人は幸せなのだ。第3回小林秀雄賞受賞。（長嶋康郎）

老いの楽しみ　沢村貞子

八十歳を過ぎ、女優引退を決めた著者が、日々の思いを綴る。齢にさからわず、「なみ」に、気楽に、と過ごす時間に楽しみを見出す。（山崎洋子）

遠い朝の本たち　須賀敦子

一人の少女が成長する過程で出会い、愛しんだ文学作品の数々を、記憶に深く残る人びとの想い出とともに描くエッセイ。（末盛千枝子）

おいしいおはなし　高峰秀子編

向田邦子、幸田文、山田風太郎……著名人23人の美味な思い出。文学や芸術にも造詣が深かった往年の大女優・高峰秀子が厳選した珠玉のアンソロジー。

るきさん　高野文子

のんびりしていてマイペース、だけどどっかヘンテコな、るきさんの日常生活って？　独特な色使いが光るオールカラー。ポケットに一冊どうぞ。

それなりに生きている　群ようこ

日当たりの良い場所を目指して仲間を蹴落とすカメ、迷子札をつけているネコ、自己管理している犬。文庫化に際し、二篇を追加して贈る動物エッセイ。

うつくしく、やさしく、おろかなり　杉浦日向子

生きることを楽しもうとしていた江戸人たち。彼らの紡ぎ出した文化にとことん惚れ込んだ著者がその思いの丈を綴った最後のラブレター。（松田哲夫）

ねにもつタイプ　岸本佐知子

何となく気になることにこだわる、ねにもつ。思索、奇想、妄想はばたく脳内ワールドをリズミカルな名短文でつづる。第23回講談社エッセイ賞受賞。

回転ドアは、順番に　穂村弘　東直子

ある春の日に出会い、そして別れるまで。気鋭の歌人ふたりが、見つめ合い呼吸をはかりつつ投げ合う、スリリングな恋愛問答歌。（金原瑞人）

絶叫委員会　穂村弘

町には、偶然生まれては消えてゆく無数の詩が溢れている。不合理でナンセンスで真剣だからこそ可笑しい、天使的な言葉たちへの考察。（南伸坊）

杏のふむふむ　杏

連続テレビ小説「ごちそうさん」で国民的な女優となった杏が、それまでの人生を、人との出会いをテーマに描いたエッセイ集。（村上春樹）

月刊佐藤純子　佐藤ジュンコ

注目のイラストレーター（元書店員）のマンガエッセイが大増量してまさかの文庫化！　仙台の街や友人との日常を描く独特のゆるふわ感はクセになる！

吉行淳之介ベスト・エッセイ　吉行淳之介　荻原魚雷 編

創作の秘密から、ダンディズムの条件まで。「文学」「男と女」「紳士」「人物」のテーマごとに厳選した、吉行淳之介の入門書にして決定版。（大竹聡）

田中小実昌ベスト・エッセイ　田中小実昌　大庭萱朗 編

東大哲学科を中退し、バーテン、香具師などを転々とし、飄々とした作風とミステリー翻訳で知られるコミさんの厳選されたエッセイ集。（片岡義男）

山口瞳ベスト・エッセイ　小玉武 編

サラリーマン処世術から飲食、幸福と死まで。——幅広い話題の中に普遍的な人間観察眼が光る山口瞳の豊饒なエッセイ世界を一冊に凝縮した決定版。

色川武大・阿佐田哲也ベスト・エッセイ　色川武大／阿佐田哲也　大庭萱朗 編

二つの名前を持つ作家のベスト。文学論、落語からタモリまでの芸能論、ジャズ、作家たちとの交流も。もちろん阿佐田哲也名の博打論も収録。（木村紅美）

開高健ベスト・エッセイ　開高健　小玉武 編

文学から食、ヴェトナム戦争まで——おそるべき博覧強記と行動力。「生きて、書いて、ぶつかった」開高健の広大な世界を凝縮したエッセイを精選。

中島らもエッセイ・コレクション　中島らも　小堀純 編

小説家、戯曲家、ミュージシャンなど幅広い活躍で没後なお人気の中島らもの魅力を凝縮！　酒と文学とエンターテインメント。（いとうせいこう）

文房具56話　串田孫一

使う者の心をときめかせる文房具。どうすればこの小さな道具が創造力の源泉になりうるのか。文房具の想い出や新たな発見、工夫や悦びを語る。

ぼくは散歩と雑学がすき　植草甚一

１９７０年、遠かったアメリカ。その風俗、映画、本、音楽から政治までをフレッシュな感性と膨大な知識、貪欲な好奇心で描き出す代表エッセイ集。

快楽としてのミステリー　丸谷才一

ホームズ、００７、マーロウ——探偵小説を愛読して半世紀、その楽しみを文芸批評とゴシップを駆使して自在に語る、文庫オリジナル。（三浦雅士）

超発明　真鍋博

昭和を代表する天才イラストレーターが、唯一無二のＳＦ的想像力と未来的発想で〝夢のような発明品〟１２９例を描き出す幻の作品集。（川田十夢）

ねぼけ人生〈新装版〉 水木しげる

戦争で片腕を喪失、紙芝居・貸本漫画の時代と、波瀾万丈の人生を、楽天的に生きぬいてきた水木しげるの、面白くも哀しい半生記。（呉智英）

「下り坂」繁盛記 嵐山光三郎

人の一生は、「下り坂」をどう楽しむかにかかっている。真の喜びや快感は「下り坂」にあるのだ。あちこちにガタがきても、愉快な毎日が待っている。

向田邦子との二十年 久世光彦

あの人は、あり過ぎるくらいあった始末におえない胸の中のものを誰にだって、一言も口にしない人だった。時を共有した二人の世界。（新井信）

旅に出る ゴトゴト揺られて本と酒 椎名誠

旅の読書は、漂流モノと無人島モノと一点こだわりガンコ本！　本と旅とそれから派生していく自由な思いのつまったエッセイ集。（竹田聡一郎）

昭和三十年代の匂い 岡崎武志

テレビ購入、不二家、空地に土管、トロリーバス、くみとり便所、少年時代の昭和三十年代の記憶をたどる。巻末に岡田斗司夫氏との対談を収録。

本と怠け者 荻原魚雷

日々の暮らしと古本を語り、古書に独特の輝きを与えた「ちくま」好評連載「魚雷の眼」を、一冊にまとめた文庫オリジナルエッセイ集。（岡崎武志）

増補版 誤植読本 高橋輝次編著

本と誤植は切っても切れない⁉　恥ずかしい打ち明け話や、校正をめぐるあれこれなど、作家たちが本音を語り出す。作品42篇収録。（堀江敏幸）

わたしの小さな古本屋 田中美穂

会社を辞めた日、古本屋になることを決めた。倉敷の空気、古書がつなぐ人の縁、店の生きものたち……。女性店主が綴る蟲文庫の日々。（早川義夫）

ぼくは本屋のおやじさん 早川義夫

22年間の書店としての苦労と、お客さんとの交流。どこにもありそうで、ない書店。30年来のロングセラー！（大槻ケンヂ）

たましいの場所 早川義夫

「恋をしていいのだ。今を歌っていくのだ」。心を揺るがす本質的な言葉。文庫用に最終章を追加。帯文＝宮藤官九郎　オマージュエッセイ＝七尾旅人

ちくま文庫

とっておき名短篇《めいたんぺん》

二〇一一年一月十日　第一刷発行
二〇二一年三月十五日　第八刷発行

編者　北村薫（きたむら・かおる）
　　　宮部みゆき（みやべ・みゆき）
発行者　喜入冬子
発行所　株式会社　筑摩書房
東京都台東区蔵前二―五―三　〒一一一―八七五五
電話番号　〇三―五六八七―二六〇一（代表）
装幀者　安野光雅
印刷所　星野精版印刷株式会社
製本所　株式会社積信堂

ISBN978-4-480-42792-2 C0193